SHODENSHA SHINSHO

人は皆、土に還る

——畑仕事によって教わったもの

曽野綾子

祥伝社新書

『人は皆、土に還る』——目次

装丁――盛川和洋
イラスト――八木美穂子

第一章——

畑仕事で、聖書を理解する

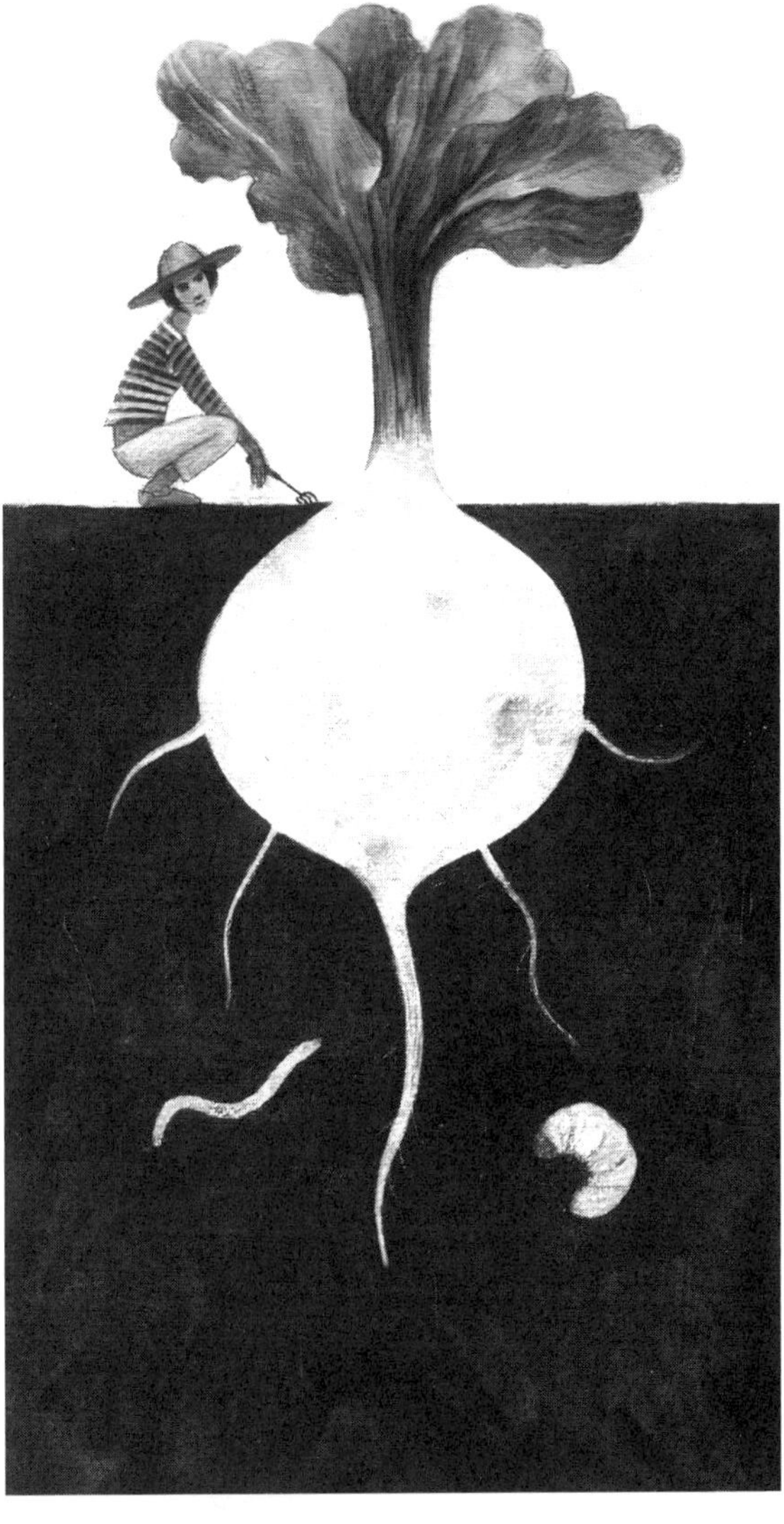

土に触れたことのない私が畑仕事を始めたきっかけ

私が畑仕事を始めたのは、五十歳の頃である。

人生の前半に、私は土に触れたことがなかった。これは、都会育ちの子供たちがごく普通に置かれた状態ではないかと思う。唯一の例外は、食糧難だった戦争中に、学校のテニスコートを耕してサツマイモを植えたことだった。しかし、驚くほどイモがつかなかったのは、あとで考えるとよく理由がわかる。つまりテニスコートの土は粘土質で水捌《は》けが悪く、耕し方も深さが足りなかった。ましてや肥料などというものは（サツマイモには肥料をやってはいけないものなのだが）まったくなかった。収穫が上がらない理由は土が悪かったからなのだが、そのとき以来、私は自分のことを、畑仕事の才能はゼロと言ってもいい人間なのだと思い込んでいた。別にデスクワークが上等で、畑仕事は肉体労働だとして侮蔑《ぶべつ》していたわけではない。私は小学校六年生のときから小説家になるのが希望だったので、それ以外の職業に向かなければそれでいい、と思ったのかもしれない。

五十歳の頃になってどうして私が畑仕事を始めたかというと、その頃に私は視力を失いかけていたからであった。誠に申し訳ない話だが、書けなくなったからすることがなくて畑に心を向けたのである。といっても、その当時、私は鍬《くわ》で土を耕すコツも知らなければ、肥料についての知識もなかった。たまたま私の目が見えなくなりかけたのをきっかけに、昔、私を育ててくれた女性が――当時すでに五十を過ぎていたが――私の家にやって来て、毎日の生活にも不自由するようになっていた私をみてくれることになった。その女性は、私が二十代から使っている三浦《みうら》半島の海のそばの家に行って、芝生を植えてある庭を見ると、仁王《におう》立ちになって文句を言ったのである。

「ママさん（私のことを彼女はこう呼んでいた）、こんないい土に芝生を植えておくなんていうのは、とんでもないことだよ」

この新潟《にいがた》生まれの女性は、ひと目で土質を見分け、その土の持つ本質的な任務を感じたのであろう。彼女は私の家の庭で、その土がチョコレートの粉のような黒土で、かつ何千年にもわたって（たぶん、縄文時代から）耕されていたために、小石一つない素晴らしい畑地になっているということを見抜いたのである。そして、その土への畏《い》怖《ふ》から、彼女は私がそこに作物を植えていないことを怒ったのだ。

当時の私の視力は、検眼表の一番上の字も判別できなかった。つまり、検眼表から一メートルか二メートルまで近くに寄らないと、一番大きな字も読めなかったのである。そして、本といえば、ページに目を十センチぐらい近寄せると、活字を三十秒間ぐらい一行か二行、読み分ける力が残っているだけであった。だから、事実上、私は本も読めず、原稿も書けなかったのである。ただし、まったく書いていなかったということはない。

このとき、私は長い文章を口述し、それを筆記してもらう技術を開発した。短い作品は、口述で人に書いてもらえるようになったのである。

そのとき、この女性は、私の海の家にしばらく居てもいいかと尋ねた。それは今にして思うとむしろ彼女の都合ではなく、半分は視力を失いかけた私を引き受けるという下心があったのだろうと思う。私はそれに気づかず、

「バァバちゃんがいるなら、私もしばらくここで暮らすわ」

と言って、そこに移り住んだのである。私は東京にいても身のまわりのことだけは

どうにか手探りで自分でできるが、あまり役に立たない存在になりかけていた。

当時は畝《うね》の作り方も知らなかった

私は、この女性の畑の手助けをするつもりでいたのだが、じつはそのときすでに生《な》ってていたドジョウインゲンの収穫もできないほど視力は失われていた。ドジョウインゲンの葉と茎と実の区別がもうつかなかったのだ。手探りで実だと思うものを引き出してみて、かろうじて収穫ができるという程度の助手であった。この目の病気については、強度の近視の目が両眼とも同時に中心性網膜炎《もうまくえん》に罹《かか》り、それを急速に治すために打ったステロイドのせいで若年性の後極白内障を誘発したという他はない。この病気は外見的には目が白くもならないわりに、早期から視力障害を伴うもので、もうその段階で私は読み書きができなくなる自分の将来を見据えて、鍼灸師《しんきゅうし》になろうかと考えていたくらいだった。なぜかというと、私には生まれつき人体のツボに自然に手が行くという不思議な本能があって、それまでにも人の体を揉《も》んであげると、大変喜ばれていたのである。当時私のあんまを受けた人は、

「お疲れでしょう」

と言ってすぐ遠慮するのだが、私はその度に、

「少しも疲れていません。なぜかっていったら、心を込めて揉んでいないから大丈夫なんですよ」

と答えていたのである。だから、鍼灸師は小説の次ぐらいに、私の素質に向いているもののような気がした。

しかし、畑仕事については、私はまったく自信がなかった。バァバちゃんのそばにいて、紐《ひも》を持ってくるとか、枯れた葉っぱを大きな穴に捨てに行くとか、そういう雑仕事ならできるという程度だったのである。後年、考えてみると、視力のない人にとっては、料理は可能な作業であって、今の私だったら目が見えなくても毎日、料理をすると思う。しかし、当時は私は自分に料理の才能があるとも感じていなかったので、できる仕事といえば本当にバァバちゃんの下働きしかないと思っていた。

その当時の私の畑仕事の知識といったらひどいもので、畝の作り方も畝の上を平ら

にして種を蒔《ま》くということもほとんど知らなかったのである。都会人の多くが畝を作ると低いところができる、その低い穴の底に種を蒔くのかと思っているのだから、私の無知はとくにずば抜けていたというわけでもなく、都会人の並み程度ではあったのだろう。

まず、私はバァバちゃんから種蒔きの基本を習った。土を耕して、充分に空気を入れ、そこに基本の肥料を入れる。肥料は、当時は硫安《りゅうあん》が最盛期の時代で、硫安さえ撒《ま》いておけば無限に作物はできると思っていた。この素人《しろうと》知識はまもなく終焉《しゅうえん》の時代を迎える。いくら硫安を入れても、収量は上がらなくなったのである。そこで畑を基本的に深耕し、いわゆる天地返しをするということや、そこに有機肥料を入れることが、必要ということがわかりかけてきた頃だったような気がする。私はバァバちゃんの、

「ママさん、とにかく石灰を入れるんだよ」

という言葉を唯一の知識にした。石灰はバァバちゃんが、当時の農協で袋で買ってきてあった白っぽい粉で、コップ一杯ほどの量をひと畝にパラパラと撒けばいいので

ある。私は理由もわからずにこの石灰を信じたために、植物という植物は、全部石灰が好きなのだと思い込んだ。そして、庭中にこの石灰を撒き、植えたばかりの躑躅《つつじ》の若い苗にもぶっかけた。これは躑躅にとっては非常に迷惑な仕打ちだったのである。躑躅は酸性土壌を好み、酸性土壌というものは日本中に広く分布しているものだから、故に躑躅は別に鹿沼《かぬま》土などという特別なものを入れなくても、どこでも簡単に根付いて美しい花を咲かせるのだが、石灰によるアルカリ性土壌だけは嫌いだったのである。

鶏《にわとり》を飼ったことで聖書の理解が進んだ

私に石灰を撒かれた躑躅は、その後、数年間、ストライキをした。育たなかったのである。でも、やがて何度かの雨がその石灰を洗い流してくれたのだろう、少しずつ躑躅は機嫌を直し、活着した。その時代、私はバァバちゃんに教えられて、鶏も飼ったのである。バァバちゃんが雄鳥《おんどり》と雌鳥《めんどり》のチャボのつがいを村の人から買ってきて、小さなケージを作ってもらい、私はその鶏の夫婦が可愛かったので、彼らの小屋を寝室の枕の下の辺りに置いた。そして最初の晩に私たちは夜中に飛び起きたのである。雄鳥がコケコッコーと鳴いたので、時計を見ると午前二時であった。私は、鶏は明け方に鳴くもので、こんな夜中に鳴くはずはないと思い込んでいたから、眠りを中断されて腹を立てていた。しかし、そのとき、私は聖書のある個所を自分の視点から理解したのである。

人々はイエスを捕らえ、引いて行き、大祭司の家に連れて入った。ペトロは遠く離れて従った。人々が屋敷の中庭の中央に火をたいて、一緒に座っていたので、ペトロも中に混じって腰を下ろした。するとある女中が、ペトロがたき火に照らされて座っているのを目にして、じっと見つめ、「この人も一緒にいました」と言った。しかし、ペテロはそれを打ち消して、「わたしはあの人を知らない」と言った。少したってから、ほかの人がペテロを見て、「お前もあの連中の仲間だ」と言うと、ペトロは、「いや、そうではない」と言った。一時間ほどたつと、また別の人が、「確かにこの人も一緒だった。ガリラヤ者だから」と言い張った。だが、ペトロは、

「あなたの言うことは分からない」と言った。まだこう言い終わらないうちに、突然鶏が鳴いた。主は振り向いてペトロを見つめられた。ペトロは、「今日、鶏が鳴く前に、あなたは三度わたしを知らないと言うだろう」と言われた主の言葉を思い出した。そして外に出て、激しく泣いた。（ルカによる福音書22・54－62）

つまり、この聖書の個所では、ペテロが命の危険を感じて、イエスの一味と思われるのを避けるために、

「この人を知らない」

と言い続ける時間が問題になる。私は朝の四時か五時まで続くと思ったのだが、現実の鶏は午前二時にだって鳴いたところを見ると、ペテロが三度、主を否《いな》むまでの時間は宵のうちからほんの五時間か六時間、こんなにも短かったことになる。それに私は愕然としたのである。

視力が復活した私が積極的に始めた「種時き」

しかし、私の視力は思わぬ幸せな展開を見ることになった。五十歳の誕生日を迎える直前に、私はこの強度近視という難しい眼の白内障の手術をできる医師に出会った。そして、当時はまだ先端的だった超音波吸引法による白内障の手術を受けて、突然、生まれてこの方、得たこともなかったほどの視力を与えられることになったのである。眼には、一番奥底のところに直径二ミリほどの黄斑部《おうはん》という場所があり、そこに視神経の八十パーセントが集まっているという。私の強度の近視の眼は、幸運なことにこの黄斑部にだけ異変がなかったので、その前にある水晶体の曇りを取り除けば、突然、見える眼になったうえに、生まれつきの近視が幸いして、メガネ無しに正視の人と同じような視力が出たのである。

もっとも視力を得てから、数カ月間は、私は現実を落ち着いた形で受け入れられなかった。はじめは天にも昇るような心地《ここち》であり、窓から入ってくる光は色彩の洪水に見えて、その感動に溺《おぼ》れていた。やがてそれが落ち着くと、私は、はじめて自分の後半生というものを視野の中に落ち着いて捉えて生きられるようになった。改めて言うまでもないことだが、それは感謝に満ちあふれたものであった。

はっきりとは覚えていないのだが、やがて私は積極的に種蒔きをするようになった。東京の家の庭にも、芝生をはいで畳五、六枚の土地を作り、そこに菜っ葉を蒔いた。菜っ葉はどれもよく発芽し、その日、食べるだけ採ってくればいいという意味で、素晴らしい効用を持っていた。しかし、この菜っ葉の取り入れ方にも、私はある厳しい現実を見ていったのである。

第二章——間引くことの意味と必然

弱々しく細いものから間引く

種蒔きについて語りだすと、私が驚いたことは数限りなくあるのだが、初め私は比較的幅の狭い畝《うね》を作り、その高みに窪《くぼ》みを作って、そこに種を蒔いた。生えてきた種の列はよれよれであった。私は本当はもう少し上手に真っ直ぐ蒔いたつもりだったが、それが素人の証拠だった。小松菜《こまつな》の種のような粒の小さなものは紙でじょうごを作って蒔けばよかったのだろうが。私が蒔いた畑はそれこそ播種《はしゅ》という感じであった。播種の「播」は、種を蒔くことではあるが、蒔き散らすことでもあり、広く及ぼすという意味も字引きに出ている。

芽が出て双葉が伸びる頃以後に、私たちはどうしても間引きをしなければならない。二〜三ミリの間隔しか保たないままに芽を出した小さな苗は、必ず二、三回に分けて一定の間隔をとってやらねばならない。菜っ葉の種でもそのままでは育たないが、かぶや大根、人参《にんじん》などといったものは、それからもっと根が太っていくのだから、なおさら間隔を空《あ》けねばならないのである。

ということは、元気な苗を文字通り間引いて引き抜くことなのである。どの苗から抜くかというと弱々しくて細い芽から抜くことになる。それは今、日本の社会で言われている、弱いものを守るという原則にはまったく当てはまらない。しかしほとんどすべての農業関係者がこの原則を守っているだろう。

だからといって人間にその原則を適応することではないのだ。人間はまた別である。しかし今の世の中の「人権主義」はそれさえも「人道」だか「植物道」だかに反するといって、今に抜くのを許さなくなるかもしれないほどの勢いである。

私はバァバちゃんにこの原則を習って素直にそれに従うことに決めた。しかし、東京の私の家の畳数枚分の畑では、このやり方さえなかなか伝達が困難であった。私はやはり毎日原稿を書いているから、畑になど下りていかれない日もある。それで台所をしてくれる人につい頼むのである。

「今日はほうれん草の畑から間引いて、茹《ゆ》でて下さる？」

しかしこれはかなり面倒な仕事を相手に頼んだことになる。つまり間引きという仕事は労多くして功少ないだけでなく、かなりの時間がかかる。そのためか、最近では農家の奥さんたちも、自家消費の分の菜っ葉も畑で作らない。きちんと揃えて、泥も落として包装されている野菜を、スーパーで買っている。間引きは畑仕事を知らない人たちには、心理的な葛藤《かっとう》もあるようであった。弱い苗を抜いたらかわいそうだというのである。しかし弱い苗をそのまま密植させれば、どの苗も育たないことになる。根菜類はまず全滅するだろう。私自身が畑に下りていかなかったがために、間引きを怠《おこた》って、どの苗もひょろひょろにしか育たなかった悲しい畑の前に立ったことが何度もある。

命あるものの世界の残酷な仕打ち

これを何と認めたらいいのだろう。つまり強く生き抜く人のために、あなたは犠牲になりなさいということなのか。それとも動植物の世界では弱肉強食が普通のことだと認めればいいのか。私は今でも子どもに聞かれたらどう答えていいかわからない。

しかし命あるものの世界では、必ずこの程度の残酷な仕打ちが行われているのであろう。日本人のなかには牧畜民が羊や牛や豚を殺して食べるのを残酷だと言う人がいるが、彼ら牧畜民が住むところには、水が少ないから農業が成り立たないゆえに、牧畜が定着していったのである。したがって、その土地に住む人は交易で買ってくる穀物以外は、自分が養育した家畜をほふって食べるほかはない。

同様に私たち日本人は山にも住むが、多くの人が海岸や湖沼ないしは河川の近くに住んで魚を食べる。私たちは魚を殺すのには大して抵抗はないが、西欧人が見たら、魚がまだ生きているうちにその肉を刺身にして食べる「踊り」などという料理法は、世にも残酷な仕打ちに見えるだろう。

だから私は人間の部族的とも言える食生活については、あまり道徳的なことを言わない方がいいと思っている。みんな精一杯その辺で捕れるものを食べて生きてきたのだ。数千年前から海の際《きわ》に住む人たちが、浅瀬に棲《す》む小魚や貝を捕って食べたからこそ、海岸に貝塚ができた。私は今でも家族に笑われるのだが、外国のテレビでヨーロッパやアメリカの人が、孤島で何十日か一人で生きるという実験的な番組をじっと見ているのが好きなのである。テレビにはよく映らないようになっているが、実は真っ裸で一切の文明の利器というものを持たされていない番組もある。ただ記録を作らねばならないので、どういう仕組みになっているのか知らないが発電機とカメラだけは渡されているようで、したがって自分の顔や自分の行動を外側から撮影する機能は備えているらしい。

そこで彼らはまったく何もないところから水を集め、寝床を作り、ときには鳥のようにときにはゴリラのような暮らしを始める。鳥よりもゴリラよりも人間はそれらを作るのが下手なのがおかしい。こうした番組の中でも孤島に捨てられた文明の遺産だけは使うのを許されているらしく、彼らは雨水を椰子《やし》の実の殻で集めるが、それを保管するのには、空き地で拾ってきたペットボトルを利用している。だから口のしっかり閉まるペットボトル六本に貯蔵された、雨の水は彼らにとってまことに貴重な財産になるのである。

孤島の暮らしを見ると、広い水域に棲む魚を網なしで捕るのはまず不可能である。しかし浅瀬の砂や岩の間にいる貝や小えびはこうした孤島生活者が素手でも捕ることができる。また虫の類《たぐい》も食べられる。私はそうしたおよそ自分と関係のないような内容のテレビを、しかしいつの日か役に立つかと思ってじっと見ているのである。それがおかしいと家人は言う。

とにかく人間は外界から食べものを取ってくるのに夢中だった。それをし続けなければ体がもたないのである。これが自然から捕ってくる狩猟経済の時代の原型だったのであろう。しかし狩猟では食料を取れる率が悪いから、人々は次第に牧畜と農業に向いていった。自分の勢力範囲、手に届く距離にいつでも食べられる野菜を作り、自分で作った囲いの中に鶏や豚を入れておけばいつでも食べられるというわけだ。

昔日本の兵隊として大陸や南方に行った人の話を聞いたことがある。それこそ日本兵が財産を荒らしたということになるのかもしれないが、小休止の間に食料が充分でなかった日本兵たちは、土地の人々が飼っている鶏を捕まえることに夢中だった。簡単だと思われるだろうが、鶏を素手で追いかけて捕まえられたことはあまりないのだという。

しびれを切らした人たちは拳銃で鶏を撃ち殺すことにしたが、それでも彼らの腕前は西部劇の俳優と違うから弾が当たらなかった。とにかく計画経済でないと、人は充分にほしいときに食料を口に入れられないということを嫌というほど感じただろう。

「適当」が難しい

種はこのようにして大地の中で殻を破り小さな根を出して水を吸い、養分も吸い上げて大きくなっていく。その間に一本の苗と苗との間に適当な距離が必要である。この適当ということがなかなか難しい。

あるとき私はどうせ間引くのなら種がもったいないと思って、きわめて少量しか種を蒔かなかったことがある。すると発芽の率が非常に悪いような気がした。

私はいまだにこの真相がわからない。発芽率というものは素人が見てもどうも、その国の文化の程度と密接な関係にある。と思えるのは、途上国で一デシリットルいくらで買ったような種はおそろしく芽が出ないのである。しかし日本の大手の種苗屋さんたちが小袋に入れて売り出して、私たち素人園芸家が買うような種の発芽率の素晴らしさというものは、そのまま日本の弱電のパーツの精度と匹敵する。

しかし上質な種の発芽率によりかかっていても駄目なようなのだ。そこで別の物知りの教えが私の耳に飛び込んでくる。

「人間も植物も厳しさに耐えなきゃいけないんだよ。のうのうと生きていてよくなるわけはないのよ。たくさん蒔かれて、お前の芽が出るか、俺の芽が出るかというような厳しい立場に立たされて、そこで初めて夢中で芽を出すのよ」

これは私があまり好きでない、いささか修身《しゅうしん》の匂いのする言い方だが、人間の場合でも、

「あの子は大勢のお兄ちゃんと弟の中で暮らしたから、強くて優しい子になったんだよね」

というような言葉が、ある種の納得をもって受けとられる所以《ゆえん》とそっくりである。だから私は科学的真相というものはわからないままに、種はある程度厚く蒔かねばならないという感じはいまだにもっている。

技術革新は絶えず進んでいる

私は普段のことにはあまり見栄っ張りでないと思うのだが、ときどきくだらないことに上手だと思われたいらしく、種を真っ直ぐ蒔くということができないのを、長い

期間かなり引け目に思っていた。私が蒔いた畝の苗はよれよれのラインになって生えてくるのである。他の農家の人が蒔いた苗は、そんなことはない。真っ直ぐな緑の線のようになって生えてくる。ところが最近、私はこの点についても新たな発見をした。

この頃シードテープというものが売られているのである。これは乾いた寒天のように見える紐に一定の間隔を置いてコーティングした錠剤のような種を貼り付けたものである。つまり大根は大根の、かぶはかぶの最も適切な間隔というものがＪＡの研究によってよくわかっており、そのテープにはその間隔がとられた種が二粒ずつつけられている。そのテープを畑の中に真っ直ぐに張り伸ばしておけば、特に土を被せることもなく、そのまま種が生える。この場合は真っ直ぐである。私が見栄を張って、こう蒔きたかったと思うほどの美しい畑になる。

これがわかったとき、私は早速、近くの種苗屋さんにシードテープを買いに行った。私の家の周りの農家はいっせいに大根畑の所有者だから、まず大根を蒔くことにしたのである。

店の奥さんは「どれだけいるの」と尋ねた。

私は本当は五メートルくらいでよかったのだが、それこそ見栄を張って十メートルと言った。するとその奥さんは、

「このシードテープは千メートルずつしか売らないんだけど」

と言うのである。ちなみにこのシードのついているテープの部分は後で除去しなくても土に還るようになっている。つまりこの世界にも小さな技術革命は絶えず行われていて、農家の人たちが次第に手をかけずに生産を上げられるようになった。私は生来の怠《なま》け者らしく、手をかけずに仕事をするのが大好きなので、こういうものの出現を心から喜んでいる。そして素人も玄人《くろうと》もその恩恵にわずかでも与《あず》かれるようになる社会を深く感謝している。このシードテープはこのようにして大手の種苗屋では買えなかったのだが、最近では通信販売で、手軽にいくらでも売っているようになった。それこそメールオーダーで買えるのである。だから素人も玄人と同じように、この技術革新の波に乗れる。私は素人が玄人と同じになれるとはまったく思っていない。しかし必死で上手な人の技を見習うという姿勢は大好きである。そしてそのような仕事

の理解者が増えれば、その産業は理解され繁栄する。技術部分の進歩も進むのではないかと思っている。

第三章――「毒麦」が教えてくれる聖書の真実

「一粒の麦」の死と人間の死

聖書の中に、

「一粒の麦は、地に落ちて死ななければ、一粒のままである。だが、死ねば、多くの実を結ぶ。自分の命を愛する者は、それを失うが、この世で自分の命を憎む人は、それを保って永遠の命に至る。」（ヨハネによる福音書12・24－25）

という有名な箇所がある。キリスト教的な自己犠牲を教えたものだと簡単に言ってしまえばそうなのだが、じつはこの経過は恐ろしい現実である。

人間の場合、一人の人間が死ななければその子どもが育たないということはない。しかし社会的に見ると、そのような仕組みは社会全体を動かしている。

つまり人間は、生まれて育ち、生きて働き、社会に尽くし尽くされてやがて老いて死ぬことによって、社会や地球の新陳代謝をはかっていることになる。そこには誕生・生育と同時に、人間の死がひとつの恩恵として役立つことが約束されている。「Voice」（PHP研究所）2015年6月号の巻頭言に「コントロール幻想」という題で養老孟司《ようろうたけし》先生が見事なエッセイを書いていらっしゃる。

意識という機能の大きな役割の一つは「ああすれば、こうなる」である。ああすれば、こうなる。こうすれば、ああなる。（中略）

その意識が「ああすれば、こうなる」という。本当に、いつまでこれをやってんだろ。その伝で人生を語るなら「生きていれば死ぬ」のである。こういうと、「じゃあ、どう考えればいいんですか」と来る。禅の教えがよくわかるではないか。どう考えたっていいのですよ。どうせ頭の中なんですからね。只管打坐《しかんたざ》、じっと座っていればいい。外から見れば、考えているのと同じ。将棋では「下手の考え休むに似たり」というではないか。

しかしこの大原則を現代に生きる人々がすべて自覚しているかというと、どうもそうとは思われない。

すべてのものは、じつは命がけなのである。命がけなどという言葉は現代ではほとんど通用しなくなった。戦争中日本の軍部の命令で、再び生きて帰れない特攻隊として出動した人々に象徴される死を、われわれは痛ましく感じて、尊敬と共にしばしば使った言葉だ。

当時の特攻隊員の話だが、特攻機には片道だけの量のガソリンしか積んでもらえていなくても、それでもなお、彼らはもしかすると生きて帰れるかもしれないと思っていたという。それは、体当たりで敵艦に突っ込んだ後、その辺の海に浮かんでいるところを米軍に救われるという想定であったようだ。それほどに人間は、最後まで生への希望を失わなかった。その現実が普遍的なものであるだけに、私たちは深く深く戦死した青年たちの死を悼《いた》んだのである。

それらのことをすべてわかっていてもなお人間は、ひとつの生命をめぐって、迷い、苦悩し、戦わねばならない。

二者択一の原理「カルネアデスの板」

自分か他者かどちらか一人しか生き残れないというケースは、人生にいくらでもある。法曹の世界では、「カルネアデスの板」という発想がある。古代ギリシャの哲学者、カルネアデスが出したといわれるもので、船が沈没したとき、ひとりの男が一枚の板にすがって漂流している。しかしそれは非常に小さい板で、ひとりの人間を浮かす力しかない。それを目がけて、近くから別の人間が泳いできてその板を奪おうとする。しかしその場合、最初から板を保持していた男は、後から泳ぎ寄ってくる別の男を突き放して板を確保することができる。その結果として、泳ぎ寄ってきた男は溺死《できし》する可能性もあるのだが、後者の死に対して最初の板の保持者は、責任を有さないという原則である。これがもっとも厳密な二者択一の原理なのであろう。

ところが最近の人々は誰もが傷つかない、誰も死なない、いつまでも死なないという「架空の現実」を信じるようになった。

そんなことはあり得ないのだ。畑を作るためには森を切らねばならない。切った木の根を処理しなければならない。私たちは自分の部屋の乱雑さに嫌気をさして、ときどき「片付けが必要だ！」などと自分の心で叫んでいるが、自然もまた整理が必要だ。森のままにしておくか、それとも切り拓いて畑を作るか、二者択一なのである。その場合、木が犠牲になることもある。

一時、日光《にっこう》かどこかの有名な観光地で道路わきに生えている桜の大木が道路拡張の邪魔になるという話が新聞記事を賑《にぎ》わせたことがあった。桜の命を大事にしようとすれば、その部分だけ道は細くなり、ほとんど一車線分の機能が消失してしまうだけでなく、交通事故も起こりやすくなる。それで世論は沸騰したのである。新聞の投書に載った多くの意見は、桜は切るべきではないというものが多かったように思う。しかし私は反対だった。桜は切ればいいのである。そのかわり一本切ったら邪魔にならない場所を選んで二本の若木を植える。その原則を守れば、桜などは生長の早い木だからすぐに大きくなる。道路の機能化は人間の命を守り、当時はそんな発想もなかったが、地球温暖化を防ぐひとつの要素にもなる。

山の仕事師たちはこまやかな神経で木を守る

しかし当時から、桜を切るという発想は、それだけで社会の敵であった。そういう人ほど林業にも、畑作業にもかかわったことがないように私には見えたが確証はない。ただ私は、そのころすでに土木の勉強を始めていて、たくさんの山のダムや隧道《ずいどう》の現場に入っていた。すると山のあちこちを削りとらねばならない。それは作業用道路をつくるためであったり、調査坑《ちょうさこう》を掘るためであったりした。そこに桜やもみじの古い木が生えている。道やダムを作ることは、自然破壊のもっとも明白な事実だという考え方がすでに普及していたから、彼らは同時にそうした古い木の命を絶つ敵と考えられた。しかし現場に立ってじっと彼らの仕事を見ていると、作業をする人々はどれほど細かい神経を使ってそれらの木を守っていたかが、私にはよくわかった。

ある日、山の斜面で数人の労務者が古毛布をしきりに木に巻きつけている光景に出くわした。

「何をなさっていらっしゃるんですか」

と私が尋ねると、
「あそこに古いもみじが一本あるんです。あのすぐそばに調査坑を掘るための最初の爆破《はっぱ》をかけるんで、土や石が飛びますから、もみじを傷つけるかもしれません。それで防御をしてるんです」

神経の粗い私は驚いた。もみじぐらい少し傷ついたって、そのうちに生きるものなら生きるだろうというのが、私の感覚だったのである。ついでに言うと、もみじというのは面白い木で、自分で樹形を成形する。つまり、徒長《とちょう》した枝は風の力を借りて自ら折るのである。

世間の人は、もみじの木を切るときでさえ鋏《はさみ》を使う。しかしそれはまったく必要ない。私たちは簡単にもみじのそばに行って、欲しいだけの枝を折りとることができる。もみじは主に山の斜面を好んで生えるように見えるから、いわば境遇の悪いところに育っているのだ。昔から「貧家の秀才」という言葉があるように、貧しいなかでこそできる賢い子どもというのはあるのである。もみじなど、まさに風吹き荒《すさ》ぶ山の斜面に育って、自らの足元を守るために余計な枝を落としながら生きてきたのだろう。そのようなたくましいもみじでさえ、山の仕事師たちは古毛布で守ってやろうとしているのである。

自然にも整理は必要なのである。整理をすれば、どうしてもその場所から立ち退《の》かねばならない存在が出てくる。

私は、菊というものは、一度植えれば毎年春になると新しい芽が出てそこからのびのびとした花が咲くものだと思っていた。しかしそれは、まったくの誤解だった。怠け者には菊はいい花を見せてくれない。毎年春になると、私たちは根元が木《ぼく》になりかけた菊を引き抜いて、一本の菊から若芽を数本採り、それを地面に挿す。そのとき厳密に言うと、同じ土地ではいけないのである。こういうことを嫌地《いやち》というのだそうである。私は三、四歳のときに母に抱かれて今住んでいる土地に移ってきた。それ以来、大した事情ではないけれど、そのときどきにわけがあって同じところにずっと住んでいる。しかし、作家のなかには一年と同じところに住みたくないという人もいた。小説を書くには、そのほうが都合がいいに決まっている。仮に五十年間の作家生活の間に、五十回転居して五十の町と村を書けるなら、転居するほうが有利にみえるのである。しかしこれは菊をつくってみると、贅沢《ぜいたく》な発想だということがよくわかる。私の家の狭い庭などでは、菊が同じ土地では嫌だとおっしゃって別の畑を要求なさっても、なかなか適当なところを見つけてあげられない。

聖書には農業の話がたくさん出てくる

聖書には、他にも植物のたとえ話がよく出てくる。イエスの生まれた時代のイスラエルはかなり高度な農業をしていた土地であった。農業をすればその収穫に対して課税をすることができる。しかし山野を駆け巡って実や根を採るという原始採集型の食物供給体制ではそれもできない。それに、好きなときにそれを採るにはどうしたらいいかということがわかっている農業のほうが人間も楽に決まっている。

イエス時代にすでに成文化されていたユダヤの法律書の『ミシュナー』という本のなかには、課税される対象の木がどのような状態なら、それが可能かを、じつに詳しく規定している。だから聖書のなかには、たとえ話としても、あるいはデザインとしても、栽培農業に関する話が多く出てくるのである。

我が家の息子は、すでに六十になる初老であるが、彼がカトリック系の大学を卒業したときの学長先生の神父の話がじつに素晴らしかったと評判であった。ふつう学長の挨拶《あいさつ》などというものは人々の心にあまり記憶されないものだが、それはまさに現代に生きる聖書の一節を引いていたのである。

「ある人が良い種を畑に蒔いた。人々が眠っている間に、敵が来て、麦の中に毒麦を蒔いて行った。芽が出て、実ってみると、毒麦も現れた。僕《しもべ》たちが主人のところに来て言った。『だんなさま、畑には良い種をお蒔きになったではありませんか。どこから毒麦が入ったのでしょう。』

主人は、『敵の仕業だ』と言った。そこで、僕たちが、『では、行って抜き集めておきましょうか』と言うと、主人は言った。『いや、毒麦を集めるとき、麦まで一緒に抜くかもしれない。刈り入れまで、両方とも育つままにしておきなさい。刈り入れの時、「まず毒麦を集め、焼くために束にし、麦の方は集めて倉に入れなさい」と、刈り取る者に言いつけよう。』」（マタイによる福音書13・24－30）

「間違い」の存在が聖書の人間性を強める

教育者としては、毒麦も見捨ててはいけないと学長の神父はこの聖書の個所を引用して言われたのである。その理由の、「毒麦もいつかは良い麦に変わるかもしれない」ということは植物の世界では本当はないのだが、人間の場合は大いにあるわけだ。もう亡くなったが、私はやくざで刑務所に数年も入っていたという人と昔知り合いだったことがあった。その人は自分の青春を語るとき「私は刑務所に六年もいたおかげで、大学を二つ出た分ぐらい勉強をしました」と言った。彼は素晴らしい詩人であった。

おそらく息子の卒業した大学の学長は、どのような人も回復と成長の余地を残していることを身をもって知っておられたのであろう。

この教えにも聖書学者は詳しい解釈をつけている。毒麦と食べられる麦は、通常同時に生え、しかも根がからみ合って生えている。現実には、いい麦の方が背が高く生長するので、刈り入れのときには普通の麦を先に刈ってから毒麦を集める。それゆえ、毒麦を先に刈り取って、安全な食べられる麦だけを集めるということはできにくい。これはマタイによる福音書に出てくる言葉で、筆者のマタイというのは十二使徒のなかの最初にイエスの弟子になった人で収税人であった。つまりインテリであったのである。それゆえに、彼は農業のことをよく知らずに聖書に間違った記載をしたというのが、大方の説のようである。

しかし面白いことに、聖書はいくつもの写本が発見された場合、間違っているほうを正しいものとするようだ。私は中国の西安に行って碑林《ひりん》に行ったとき、石に彫った碑林のなかにさえ脱字があって、あとでそれを補っているのを見て非常に人間的なものを感じた。人間は間違えるものなのである。そしてそれゆえに、その間違いが聖書の人間性と実在性を強める。そのことを古くから知っていた人々の賢さがあったということは、じつに楽しいことである。

第四章——

ほったらかしたほうが見事に咲く花もある

キウイ二千個をどこに並べるか

野菜や花や木を植える人間のことを耕作人と呼んでいいのかどうか私は自信がないけれど、私はまさに五十歳直前の視力障害のときをもって耕作をする人になったのであった。これらのものはとにかく植える土を耕さねばならないのだから、そしてその土にもしあるとすれば石を取り除き、水捌《は》けをよくし、肥料を与えて、そして種蒔きや植え付けをしなければならないのだから、まさに一種の耕作をすることにはなる。

私たち素人の耕作人ほど、夢を描く人種はないと私は思っている。

着物に凝《こ》る人も、この着物を着れば絶世の美女になるという夢を持つのだろうし、エステティックに通う女性たちも、この技術を受ければばかなり「お顔が輝くようになる」と思うのかもしれないが、花や木を植える人間の夢の持ち方というのは、その比ではないように思う。

目が見えにくくなったとき、もちろん人の手を借りてではあったが、私はキウイの木を植えることにした。この木は雌雄《しゆう》があり、雌木《めすぎ》二本に対して雄木《おすぎ》を一本植えるぐらいがいいと聞いていたが、私はケチをして雌木四本の中間に雄木を一本植えた。当時の私は、一回に三十秒間程度だけページから眼を五センチくらい離した距離で読む力があった。それ以上になると激しい頭痛で耐えられなくなったのである。それでも私は自分が盲目になったあと、キウイを収穫することを夢見て、一本の木に五百個は生《な》るという専門書の話をほぼ信じた。一本に五百個となると四本で二千個は採れるはずである。キウイはいくら木に置いておいても私たちが食べるときのように軟らかく熟することがない。実は糖度が上がったところで採り、いろいろなやり方があるけれど、素人は棚に置いておいたりして、適当な軟らかさになったときに、初めて食べられるのである。とすると、二千個のキウイをどこに並べるか、私は苦慮した。もうこれで盲目になるかもしれないというのに、本気になってそのことを考えたのだから滑稽《こっけい》なものである。ついでに結果もお話しすると、キウイというのはマタタビ科だから、放っておいても生る気楽さがある。あまり神経質ではない、野生的な果物なのである。だから私のキウイ生産は五百個とはほど遠かったが、一本につき数十個は実を生らせることができた。

田園調布《でんえんちょうふ》駅前の薔薇《ばら》の花の歴史

次に私が夢を抱いたのは、平凡な選択だが薔薇であった。

いま私の住んでいる田園調布という駅の西口の広場に半円形の石造りの構造物があり、そこに薔薇も植わっている。よく見れば通《つう》にはすぐわかることだが、その薔薇はかなり古い時代の品種である。

終戦のとき私は十三歳だったが、その後間もなく聞かされた、この駅前の薔薇の花の歴史は次のようなものである。戦争直後、この街の「西洋館」はほとんど進駐軍に接収された。私の家のように純粋な日本家屋は、その対象ではなかったのである。進駐軍の将校たちは面白い家の使い方をした。たとえば床の間というものの空間の使い方を知らなかったから、そこにトイレを作った。ちょうどいい広さだったのであろう。そのほか返されたときの家の状況はめちゃめちゃだったという噂はある。

そのような時代に、一群《むれ》の人々が田園調布の駅前のロータリーを整備した。お金も物も何もない時代である。しかし、いつの間にかそこに、当時ハイカラな家は持っていた薔薇が寄贈されて移植された。それがいまだに残っているのである。

ある日のこと、アメリカの軍人が上官を訪ねてこの土地にやって来た。しかし、アメリカと違って所番地の付け方がめちゃめちゃだから、彼は上官の家を探し出せなくて駅前をうろうろした。するとそこに、てんでんばらばらな作業服を着た数人の男たちが薔薇を植えていた。仕方なく彼は英語で、××大将の家はどこかというような質問をしたらしい。するとそこに働いていた庭師の群れが口々に、この道をこう行ってどう曲がればいいと、素晴らしい英語で教えた。それでその軍人は驚いて、日本では庭師までもが、キングズイングリッシュを喋ると言ったという、嘘か本当かわからない逸話も残っている。しかしそれは一面では、この街の姿を伝えていた。つまりそこで働いているのは、戦前の海軍の提督のような高級将校、大学教授、外交官などの人々で、そのような本当の上流階級だけしか、駅前を美しくしようとか、自分の家にある薔薇を持ち寄ろうとか、そのような庭作りのことなど考えなかったのである。つまり平凡な庶民中の庶民であったわが母などは、寄付する薔薇もなく、駅前を整備することなどもおそらく考えなかったに違いない。人のために働けることが、「上流階級」の資格であった。

私は一時薔薇に憧《あこが》れた。そして何本かの薔薇を買って植えたのだが、ことごとく失敗した。

クレマチスの群生は園芸愛好家の魂をとろけさせる

薔薇は日本の気候とあまり合わないように私は思う。あの花は、イラン、イスラエルなどの乾いた土地に向いているのではないかと思われるのだ。後年私はたびたびイスラエルに行ったが、ガリラヤ湖のほとりの乾いた土地に、ほとんど大して面倒をみてもらえないような薔薇がどこにでもみごとに咲いていた。

しかし私の植えた薔薇はまったくうまく育たなかった。虫は食う、病気は出る。そのためには、殺虫剤と殺菌剤をやたらに散布しなければならない。私はそれらの有害な薬品が、当然その土に残ることが予想されたので、薔薇作りは数年にしてやめた。

私は、毎月パンフレットを出している園芸会社の会員になった。毎月のように新しい植物や野菜のカタログが送られてくる。それを見ると、それらがうまく花咲いたときのこと、実がなったときのことがまるで現実のように、園芸愛好家の瞼《まぶた》に浮かぶのである。私は牡丹《ぼたん》も植えたのだが、牡丹の花が咲いたら傘を差してやれと言われたほど雨に弱い。おそらく牡丹の花も温室の中で咲かせるのだろうが、牡丹に傘を差してやるという光景自体が私にはやはり滑稽に思えて、牡丹はまもなくやめてしまった。

クレマチスの群生する花の光景も園芸愛好家の魂をとろけさせる。いまだに理由はわからないのだが、私が何度植えてもクレマチスはそのたびに枯れた。いろいろな説があって、クレマチスは素手で触ってはいけないと言う人もいる。手袋をはめてやってみても、やはり上手くいかなかった。それでも最近になって、やっと一、二本の紫色のクレマチスが海の家の畑の中におっ立って咲いている。こんな大きな花はあるかと思うほどの大輪の花が咲いている。これなどまあ成功したほうかもしれないけれど、五メートルも十メートルもある長さのフェンスに、クレマチスが一斉に群生する姿など、私は到底作ることができなかった。

躑躅《つつじ》で知った「芽差し」という味

躑躅は、私の東京の家にも、大紫《おおむらさき》という種類が戦前からあった。白い躑躅や緋《ひ》色の躑躅や青躑躅がないではなかったが、昔、躑躅といえば大紫と決まっていた。しかし戦後は、どんどん新しい品種ができる。というか、日本全国に流通機構ができたものだから、九州原産の躑躅が東北で売られたりするようになったのである。

あるとき私は東北を旅していて、かなり大きい躑躅を途中の植木市で買った。夫と二人だけのドライブだから、後ろ座席が完全に空いている。そこにやっと収まるくらいの大きさであった。植物のことなどまったく興味のない夫にすれば、迷惑な話だったのだろうが、たかが躑躅で夫婦喧嘩をするのも嫌だったのだろう、私が言うがままに買って、それを後部座席に積んでくれた。ところが、東京へ帰ってきてから調べてみると、それは九州の躑躅だったのである。何も原産九州の躑躅を東北で買うことはないのに。私は現物を見ると、その場で買わずにはいられない性分になっていた。女の人が、気に入った着物を見ると借金してでも買うのとよく似た心境である。

しかしこの躑躅という植物は実に日本の風土に合っている。躑躅は酸性土壌を好むので、日本中かどうかは知らないけれど、本州のこのあたりの酸性土壌の多い土にはどこでもよく生えるのである。そのうえ躑躅は五月から梅雨の終わり頃くらいまでに若い枝の先を二十センチほど切って地面に差しておけば、百パーセントそこから新しい株になって伸びる。芽差しというのである。だからこの味を覚えてからの私は五月から七月は忙しかった。一本の苗を買うと、そこから伸びた若い枝をここにも欲しいと思うところに、ただ差すのである。ただで増えるのだからこれほど気持ちのいいことはなかった。ときには空き地や街路樹に植えられている躑躅の枝を一、二本失敬したことがある。花泥棒は許されるかどうかわからないが、その頃の私は移植してつくものは目についたときにいただいておこうという泥棒根性で、車の中にいつも植木鋏を置いていた記憶がある。ただし他人の家の中にある高値なものに手をつけたことはない。

種を蒔かなくても株分けをしなくても若木を切って差せば、そこから芽が出て株がつくという繁殖の方法はすさまじい生命感に溢《あふ》れていて、楽しみなものであった。躑躅ばかりではなく、その時期、さまざまなものを差しておくとそれが新しい株になった。

菊も同じである。木質のようになった古い株の若い芽の部分を差しておくと、それが百パーセント新しい菊となって生えてくる。さらにその菊は伸びたところで先を少し切り落とせばそこから枝が二本分岐して生えてきて二本の菊になるのである。私は大輪の菊を作ったことがないのだからそういうことが言えるのだろうが、一本の菊の先端を切ると二本になるという一種のルールは奇跡のような不思議なものであった。これは私たちの人生においてどう考えたらいいのだろう。人に分け与えると倍になるということなのか、それともいばって一本だけ伸びようとする頭をたたいておくと健全な二本になるということなのかわからないが、私のように小菊を育てるのが好きな者にとっては誠に便利な倍々ゲームのルールである。

軒下を好む特殊な植物、ジャーマンアイリス

植物には必ず水と陽射しがいるのだが、こんな簡単なルールも適応されないものも

あった。ジャーマンアイリスという名の一種のあやめである。名前からいうとドイツが原産のようだが、私はまだこの植物の素性をよく知らない。

どの植物も絶対に必要とするのは夜露である。夜露がまったく降りない軒下には、サボテンしか育たない。軒下にサボテンを植えたことがあって、みんなが「泥棒よけにいいですね」と言ってくれたが、私はそういう言葉に乗らなかった。家が火事になったとき、屋内にいた人間がサボテンのおかげで逃げられないのである。

つまり軒下は非常に特殊な植物しか生えないということなのだが、そのような場所を私の知る限りでたったひとつ好むのが、ジャーマンアイリスであった。ジャーマンアイリスは肥料もやってはいけない。ほとんど水もやってはいけない。あらゆる植物は豊富な水と肥料がいると思い込んでいる人間にとっては、こうした植物の好みはじつに奇妙なものに映る。それでいてジャーマンアイリスは恐ろしく多くの種類のある植物で、毎年のように造花のように鮮やかな新種の花が紹介される。ジャーマンアイリスだけのカタログというのもあって、凡庸《ぼんよう》な種類の苗が一本七百五十円とすると、新しい品種は数万円するというほどの値段の差である。そしてその花の色の美しさも、えも言われぬほど変化に富んでいる。水仙の花は密《ひそ》やかでつつましいが、ジャーマンアイリスは豪華なのである。それでいて肥料も水もいらない。私にはその理由がわからない。

人も植物も、個性による

肥料がいらないといえば、この頃日本でも始終見かけるブーゲンビリアも同じである。私は二十年間、年に数カ月シンガポールで暮らすようになって、ブーゲンビリアのそうした性格をよく知っていたので、日本の庭に植えた後も、水をやらないようにしていた。ところがそれでも花がよく咲かない。シンガポール在住の友人に聞いてみると、「植え方が悪いのよ」と言う。ブーゲンビリアは根が伸びないようにいじめた形で植えなければならないので、シンガポールの人たちは、割れた鉢にわざわざ植えた状態で地中に沈めるのだという。

そういえばイスラエルの死海に近いエリコという街は暑く降雨量が少ない不毛といいたい土地だが、或る種の果物とブーゲンビリアの見事さといったら比べようがないのである。もちろんそこの人たちは貴重な水もやらない。ブーゲンビリアに肥料をやるバカなんていないと思っているだろう。それほどほったらかしでも、門やアーチの上に盛り上がるほどよく咲く花が現世にあるのだ。

だからすべての子供たちにはよく目を届かせ、少人数で育て、豊かな教育環境を与えればいいと信じている文科省の役人というもののものの考え方もまた、単純過ぎるのである。人も植物も個性による。貧しくほったらかしにされたから伸び伸びとする子供と、いたわっていい環境をつくらねば伸びない子とがいて当然なのだ。だからどうすればいいのか私にはよくわからないが、その複雑さに対する畏《おそ》れというものを知らないと、植物も人間もうまく育たないということだけは本当らしいのである。

第五章——森は人工の極みである

我が家と愛知の大学の不思議な縁

過日、私は名古屋《なごや》から中央線で半時間ほど行ったところにある、春日井《かすがい》という駅で降りた。そこに中部大学という大学がある。

私の家族はこの中部大学の創始者の一家と、ある時期から不思議な縁ができた。夫の父にあたる三浦逸雄《みうらはやお》はジャーナリストでもあり、イタリア文学者で、ダンテの『神曲』の訳者でもあった。しかし老年は穏やかな好々爺《こうこうや》で、年に何回かは箱根《はこね》の温泉の定宿《じょうやど》に行くのを楽しみにしていたようである。

その宿のお風呂の中である晩、老人はもう一人の同じような年恰好《かっこう》の客に出会った。会話の内容は聞いていないのだが、お互いにこの世の姿をしゃべりあって同感したのか憤慨したのかわからないが、初対面としてはひどく気があったようである。やがてこの二人の老人は名前を名乗りあうことになり、夫の父が、

「私は三浦と申しますが」

と言うと、相手も、

「これはこれは。私も三浦です」

ということになった。それが夫の父と、初期の頃は三浦学園という名前だった中部大学との繋がりの発端である。

つまりお風呂の中で出会った三浦幸平《こうへい》氏は中部大学の創始者であった。そこへ夫の父である三浦逸雄が経営に参加するようになったのだから、我が家も中部大学の経営者の一人だと間違って思い込んでいる人もいる。しかし実はまったく無縁なのである。

しかし、三浦朱門《しゅもん》の父、三浦朱門自身、そして息子の三浦太郎と三人が、この中部大学で教鞭《きょうべん》をとることになった。

緑は百年も経《た》たずに見事な木陰を作り出す

東京の我が家には大西良三《おおにしりょうぞう》先生という方がよく見えていたが、それは創始者の女《じょ》婿《せい》で、私はどのようなご専門家かもろくろく知らなかった。ところが中部大学へ行ってみて驚いたのが、大学そのものが一つの丘を占有してそこに素晴らしい照葉《しょうよう》樹林を育てていたことである。車で丘の上へ坂を上り切ると空気がまるっきり違う。冷たく瑞々《みずみず》しく、酸素に満ち満ちているような気がする。私は森の木を見てもいっこうに名前のわからない人間なのだが、ナラ、クヌギなど照葉樹林に必要な闊葉樹《かつよう》がきちんとした比率で混植されているというのである。この混植をせずに杉や松だけ植えるようなことをすると土地がどんどん痩《や》せていくという話は昔教えられたことがあった。その点闊葉樹は秋になって葉が落ちるので、それが数千年の間に、豊かな腐葉土となって土を豊かにする。この植林の計画者が大西先生だというのである。

私の住む町も今は緑の多い住宅地だとよく人は言う。しかし約百年以上も前は、このあたりは丘の上の麦畑でしかなかったらしい。そこを住宅地にして放射線状の道路を作り、三本の道には銀杏《いちょう》を植え、残る二本は線路沿いでもあったので桜を植えた。桜の部分は道路拡張などで枯れた木もあるが、銀杏並木は百年経つと、夏の暑い間はその下を歩く人々に完全な日陰を提供する。

つまり緑というものは、もともとそこにあるものではなく、意図的に植えれば一世紀も経たないうちに見事な木陰といい空気を作り出すものなのである。

中部大学の森における、大西先生の指令は今も厳しく行き届いていて、建物のために木を数本切るようなことがあると、その代わりに何を何本植えろというご指示まであるという。もちろん自然の森というものもないではないだろうが、私たちが快く使用できる森や林というものはすべて人工的なものであってかまわないのである。

割り箸騒動の光と影

何十年か前に日本中を割り箸騒動というものが駆け巡った。何がきっかけだったか、私はもう記憶していないのだが、木を切るということは自然保護に対する重大な罪悪で、したがって、森の木を使う割り箸を使う人間は許せないという発想である。それに熱狂的な支持を送ったのはマスコミである。多くの人たちが当時「マイ箸」なるものを持ち歩き、外食産業で割り箸を使うことを拒否した。しかし私は、そんなふうに簡単には考えられなかったのである。

当時私は一年のうち二、三回、シンガポールにある古いアパートで一、二週間を過ごしていた。一食は私が必ず和食を作ったが、一食はこのうえなく安くておいしいチャイニーズの料理を食べに行った。チャイニーズというのは説明が難しいからであって、この町には、日本のように中華料理とか支那料理とかいう発想はなかった。料理はあくまで北京《ペキン》、上海《シャンハイ》、広東《カントン》、四川《しせん》、潮州《ちょうしゅう》あるいは海南《ハイナン》などに厳密に分かれていて「今日は四川の辛い料理を食べに行こう」というふうに特定していたのである。日本人が割り箸を使うのは国賊のように言っているときにも、ホーカーレストランと呼ばれている大衆食堂では逆に陶器のどんぶりとふつうの箸を使うことを禁じていた。おつゆの麺を食べるどんぶりは発泡スチロール、箸はすべて割り箸でなければならなかった。それらはシンガポール政府の厳しい衛生管理上の視点によるもので、つまり洗って使える食器は管理が悪いと肝炎の感染の原因になるからであった。

私は医療関係者ではないが衛生を重んじるなら割り箸がいいに決まっていると思う。そしてまた衛生の基準というものは、熱狂した日本人が言うように、割り箸を使うものは国賊だというような情熱で支えられているべきものではなかった。

良い森を作るには手入れが欠かせない。間伐が必須

ちょうどその頃、私は日本カナダ会議という一種の集まりのメンバーであった。二国に関するあらゆる面を話し合うという目的だったのだが、経済金融芸術産業などの代表者の中に、カナダ側には、きこりを職業とする人が一人いた。私はこの人物にすっかり度肝《どぎも》を抜かれた。日本人の男性の太ももよりも太そうな腕、そしてきこりらしい巨大な体軀《たいく》。それによって話す言葉も野獣が吼《ほ》えるようである。その人の言うには良い森を作るということは森を人為的に育てるということであって、手入れが必要なのだというのである。実は私は不真面目なので詳しいデータを忘れてしまったのだが、森というものは必ず木と木の間に数メートルの間隔を置き、その間に生えている生長の悪い木は間伐《かんばつ》をしなければならないというのである。どこの国でも、問題はその間伐をする費用がないことであって、その間伐材で売れる割り箸というものを持っている日本文化は何とも羨《うらや》ましいとその人は言うのであった。この会議は何年か続いたが、そのうちの一回はカナダの中央部のバンフというところで行われた。このき

こり代表は私を覚えていてくれて、移動のときの車に同乗させて車の窓を過ぎていく森を見ながら特別講義もしてくれたし、辛《しん》らつな批評も加えた。

「あの森も駄目だ」

「あの森も放りっ放しだ。間伐がなってない」

という具合である。森の手入れという概念を私は知らないではなかったが、森は森であって、手付かずに放置された空間だという感じも私にはなくはなかった。

中部大学で予定の用事を済ませて、車で下りるとき、私はその丘を振り返ってみた。あたりはまったいらな濃尾《のうび》平野の端である。私は大学が最初からその山を買って、そこに校舎を建てたのだと思いこんでいた。ところが運転している方の説明によると、丘は最初は禿山《はげやま》のように木のないところで、それを大西先生の計画によって植林したのがこの現実の豊かな照葉樹林になったのだという。そうか、自然に見えるものはすべて厳密なまでに人工の手が入っているものなのか、と私は納得した。

竹切りボランティアという貴重な時間

　十数年前、私は一時期ボランティアの仕事の一つとして、市民が竹切りに参加する会を石川県の金沢《かなざわ》の近郊でやっていたことがあった。どういう人たちが行ったのですか、と聞かれると私は皮肉交じりに、ペンしか重いものを持ったことのない編集者、夜の赤ちょうちんでいっぱい引っ掛けなければ元気の出ない新聞記者などだと答えていた。

「たぶん、あんまり役に立たない面々でしょうけどね」

と私は彼らの面前で悪口を伝えておいた。

　竹というものは風景の中で見過ごしているが、今日本の各地でおびただしい勢いで繁茂《はんも》し、それが畑や山林、住宅地などにまで侵食して来ているのだという。駆除するにもたいへんな費用がかかるが、原始的なやり方としては生えた竹を切り倒していくほかはないという。「残った根っこはどうなるのですか」と私が聞くと、「竹は茎から上の部分を切っていけば自然と枯れます」という答えでもあった。

竹を切るということは素人のできる珍しい作業である。のこぎりで切るのだが、竹はゆっくりと倒れてきて、しかもその先端に枝葉を広げている。だから木が倒れて下敷きになったというような事故が起きない。ふわんと倒れてきて地面にぴったりと寝るわけでもなく、柔らかに身を横たえる。

私たちは特定した日の朝、金沢駅前で落ち合うことにした。誰と誰が来てくれるのか、私にはよくわからなかった。ただ地元の新聞社にも伝えたので市民の参加はあるはずだし、金沢には自衛隊のOBもいたので、小松基地の現役に声をかけてください、とお願いした。日曜日だったから自衛隊もお休みのはずなのである。私たちが入る村のほうでは素人が山へ入ることを考慮して、勾配《こうばい》のきつくない斜面を用意してくれていた。今でも覚えているのは、一番小さい子供は小学校の高学年であった。私は彼にものこぎりを渡した。普通なら子供はそんなところで刃物を渡してもらえることはないのであろう。しかし彼は張り切って作業に打ち込み、間違いなく私より才能を示した。それで私は、「君はこういうことがうまいね。必ずしも大学に行かなくたっていいよね」とささやいたのである。あとでお母さんに聞こえて渋い顔をされたかもしれないが、私は人間というものは知的作業と同時に肉体的な能力をも開発しなければならないと思っている。

この竹切りボランティアの発想は間違いなく、私が「森は手を入れねばならぬ」ということをカナダから教えられたことにあった。私は数年間、この金沢の森に通い、それこそあらゆる人たちが一緒に作業をして、身近でお弁当を広げる楽しさを味わった。市民の側からは自衛隊員や、新聞記者と一緒にお話ができるとは思わなかったと喜ばれ、当時日本財団の姉妹財団である日本太鼓連盟の人たちが太鼓をたたいてくれたのも、印象的であった。太鼓を普通野外でたたくことを人たちは遠慮しているようであった。しかし、その日だけは天下晴れて金沢郊外の野原で思い切り太鼓をたたけたことも良かったのかもしれない。しかしそれよりあらゆる職種と生活の人々が、一つのささやかな目的のために一緒に働いて会話を交わせるという機会が与えられたことだった。そのうえにわれわれは謙虚になり、大いなる自然に仕えて、その繁栄のもとに恩恵をわけてもらうという姿勢にもなれたのだろうと思う。

専門家から教えられた驚くべき真相

後年私は国土緑化推進機構の緑の募金事業審査会の委員になった。私は言うまでもなく林業など知らないのだが、マダガスカルの原生林やサハラ砂漠の実態などを少し知っているというので、この委員に加えられたのだが、私は当時なぜ委員の皆様方は専門家として間伐さえも悪だという当時のヒステリックなまでの市民の声は間違いだとおっしゃらなかったのですか、と質問したことがあった。すると返ってきた答えは真に驚くべきものであった。「僕たちは本当に書いたのです。しかし、間伐こそ必要なのだ。だから割り箸は使ってあげてください、と書いた原稿はどの新聞にも載りませんでした。たった一社だけ載ったところがありましたが、それは後で大変な投書によるバッシングを受けました。だから僕たちは迷惑をかけないために沈黙していたのです」

第六章——タイサンボクとある詩人の思い出

我が家の庭の樹齢百年を超える二本の木

現在私が住んでいる家は、厳密にいうと親がつくった家である。昭和十年ごろ両親は葛飾《かつしか》区にあった父の勤めていた会社の近くから、なんとかして山の手のはずれに引っ越したいと思っていたようだった。今の下町には当時はまだ大下水の設備がまったくなかったので、母の言葉によると「三尺（約一メートル）掘ると水が出る」といわれた湿地帯だったのである。後年私はある雑誌の企画で自分の生まれた場所を再訪した。街の姿にはなんの記憶もないのだが、戸籍と住所からそこだといわれるところに立ってみた。よく発展し整理された通りで、もちろん溝は整備されているし、おそらくどんな大雨になっても水が出るなどということはないだろう。ただ私の生まれた場所には一本の木もなかったような気がする。それほど家屋が立ち並んで生き生きと経済的活動をしている街の姿を保っていた。

父たちは、お金があれば麻布《あざぶ》、麹町《こうじ》といった当時のお屋敷町に家を構えたかったのだろうが、それは若い夫婦にとってはとうてい手の出ない高価な区域であったろう。それで当時、東京急行電鉄という私鉄が開発していた東横《とうよこ》線と目蒲《めかま》線の二線の接点にあたる田園調布《でんえんちょうふ》という住宅地に売れ残りの区画を見つけて住まうことにした。当時の私の母は、大変太っていて、三越《みつこし》のお帳場扱いで下駄を買うと、その請求書が来るまでに下駄の歯が減って使えなくなっていたという笑い話があるくらいである。それで母の好んだ第一条件は、駅から近いということであった。売れ残りの土地のひとつは線路にほぼ面していて、電車の音がうるさかったが母は近いということだけで気に入った。なにしろ駅からの道路にも舗装《ほそう》がなかった時代だから、二百メートルあまり砂利《じゃり》道を歩かねばならないのである。駅前には人力車が常時何台かいて、母が大きな荷物を持っていたときには、ほんの二百メートルくらいの距離でも私をひざにのせて人力に乗った覚えがある。家は日本風の家屋に一間だけ洋風の客間がとってつけたようにくっついている、昔の小津安二郎《おづやすじろう》の映画に出てきそうな何の変哲もない造りであった。庭は一応母の夢だったのだろう、小さな池をつくり、その池の周囲は日本の山をイメージした木を植え、残りの部分には大した好みもなく目隠し用の常緑樹を植えてあった。この田園調布という街は開発の始めから申し合わせができており、板塀は禁止されていた。つまり一戸と一戸の境界線は、板塀と万年塀《まんねん》は避け、大谷石《おおやいし》の塀か生垣でなければならなかった。

いるだろう。

私の子供の頃から植わっていた木が今でも二本生き残っている。樹齢百年は超しているだろう。一本はもみじで、もう一本は江戸一《えどいち》と呼ばれていた甘柿の木である。木などというものは、つまり植えておいて忘れていれば自然に育ち、一応の風貌《ふうぼう》を備えた木になるものだ。その当時建てた家は壊れても、木だけは残る。

私はひとり娘だったので結婚したあとも、養子ではなかったが夫とこの家に住むことになった。つまり私たちにすれば家賃を払わないですめばいいということだったのである。後年この家に隣接した一軒の家が売りに出たので、当時すでに初老にさしかかっていた夫の両親が古家ごと買って移り住んできた。それで私の家は私の実母と夫の両親と三人の別棟をかかえた三戸が建っている「老人ホーム」のような姿になったのである。これらの「老人ホーム」の建物はもうすでになくなっていて、現在は息子たち夫婦が上京してきたとき泊まるプレハブの家と小さな畑になっている。

「どんな柿だって我が家の柿には及ばない」

さて二本の木の話をしなければならないのだが、夫はこのもみじの木を非常に好きになっていた。あまり風流を解さない人なのだが、もみじというものは自然に格好がついていいものだなあというくらいの素人ふうの感慨をもらした。もみじは自分で風の力を借りて枝を折っていく。だから剪定《せんてい》の必要もない。自然に己の姿を知って自分で不要な部分を振り落としていくという潔さをもっている。このもみじはなんという種類かいまだに私はわかっていないのだが、春の芽吹きのときに真っ赤に染まり、その後いったん緑色の若葉を見せて、秋に再び紅葉する。

しかし実用的に夫が一番喜んだのは柿の木のほうであった。とにかくよく実をつける。今どき珍しいほど原始的で素朴な大きな種を持っているが、木に生《な》っているときから黒いごまをふいてじつに甘くなるのである。夫は無礼な性格だから、仕事で銀座《ぎんざ》や築地《つきじ》の一流の料亭でごちそうになるとき、秋に食後の柿が出されると「とにかくどんな柿だってうちの家の柿には及びませんな」などとその場で大きな声で言う悪癖《あくへき》があった。私はその名前は江戸一と教わったのだが、図鑑を見てもありそういう名前を見つけたことはない。この柿はいつのまにか夫の管轄下にあるようになった。ある年私が十一月の末に植木屋さんが来たのを幸い「実は全部取ってください」と言って大ザルに何杯かの実をもいでもらった。背が高くて、とうてい素人には先端の実をもげないほどに生ってしまっていたからだ。すると夫は非常に怒って「あの柿は僕が許可証を出すまでは取るな」と言うのである。「あなたはどうして庭に降りもしないのに適当な時期がわかるんですか」と聞くと、「カラスの奴が食うようになったらうまいんだ。おれとカラスの争いの結果だ」と言うのである。それで私はすっかり気が楽になり、夫がもげと言うまで柿の実の収穫は放置することにした。

柿の実についていえば、私は長い間渋柿というものに一種の怖れを抱いていた。うっかり渋柿などもらおうものなら、どうして食べていいかわからない。舐《な》めてみてあの独特の渋さにうんざりするだけで、実に困った存在だと思っていた。ところがあるとき、簡単にこの渋を抜く方法を教えてもらった。焼酎《しょうちゅう》を小さな丼に入れて柿のへタの部分をちょっとつけてから、発泡スチロールの箱に並べて密封しておけば、数日で完全に渋が抜けておいしく食べられるのである。一般の焼酎はアルコールが何度くらいのものか私はよく知らないのだが、通に言わせると本当は六十度くらいある強い酒がいいのだそうで、「それはウォッカじゃないといけませんな」と言う人もあって、私はまたウォッカの度合いも知らないのだが、いまだに日本の渋柿をウォッカでさわすというちぐはぐさに抵抗を覚えてしたことがない。

とにかく私は甘柿を植えるとカラスに食われるので、渋柿を植えてこれに抵抗するという知恵をひとつ覚えたつもりになって三浦半島にある別荘に柿の木を植えるときにも渋柿にした。何しろカラスより私の方が賢いことを示さねばならない。桃栗三年柿八年というけれど、八年くらいの年月ではうちの庭の柿の木は実が生らない。やっと生り出したときにそれを管理してくれたのはブラジルの日系人だった。彼女は私が焼酎でさわす前に、実を南側の軒先に紐でくくって吊るしてしまった。よほど干し柿が好きだったのであろう。しかし南側に吊るしたために、その柿は日に当たってすぐに腐りカビが生えてダメになった。一年目の収穫はこのようにまったく家族の口に入らなかったのである。

実はそれ以来、その渋柿はまだ我が家の収穫には至っていないが、東京のおそらく百年は超えた江戸一という甘柿は、いまだにきちんと実をつけ続けている。

お茶の知識のない仲間たちと茶室に招かれて

私のつくった庭ではないからおおかたの木は母が植えたものであった。母はまた植木屋さんに適当に相談して木を選んだものと思う。しかしやはり百年近くの間に多くの木が枯れて、そのあとは私が適当な木を選んで植えることになった。

そのなかにオオヤマレンゲとタイサンボクがある。

とはいっても、私はその二本の木を熟知して選んだわけでもなく、タイサンボクは枯れてしまったようで姿が見えない。素人の常として私は常緑樹よりも花のつく木がいいように思え、大きな白い花が咲くといわれて植えたような気もするのである。このオオヤマレンゲはじつは茶人たちの好む茶花だということは後で知った。私はお茶というものを習ったことがない。高校の頃学校の茶道部にしばらく属していたが、気が短いという性格が災いして、まったく身につかなかった。すでに茶道の世界で、礼儀正しく常識的にふるまうという性格にも欠けていることは明らかだったから、後年、裏千家の当時の宗匠、千玄室《せんげんしつ》さんにお会いしたときも、仲間は自然、茶道の知識の一切ない人たちばかりが集まった。遠藤周作《えんどうしゅうさく》さんなどもそのおひとりだった。もちろんお茶室でお茶をいただくことはあったが、みんな少し茶道の礼儀を恐れているだけで実は何の知識もなかった。中のひとりが、お茶というものはなんでも茶器の裏をひっくり返して見るもんだと、知ったかぶりの知識を披露した。そうか、と言ってだれかが茶碗と同時に棗《なつめ》もひっくり返した。そしてそのまま次の人に回すと、また誰かが「中もよく見るもんだ」と言ったので、その人は蓋《ふた》を開けた。するとひっくり返った棗からお茶が吹き出した。みんなも吹き出したのである。この年取った愚連隊のような無知な一団を、大宗匠は大変気楽に愛してくださったような気がする。

花は保《も》てばいいというものではないのである。長く咲くのもいい花だ、というのは私の評価法のひとつの要素であって、本当の茶人はお茶会の席に、その夕方までにしぼむ花を活けなければいけないというのである。

茶人たちが好むオオヤマレンゲ

ところで私の庭には、春の一日突然いい香りがするときがある。それはまだ私が花に気がついていないうちに、花のほうから送ってよこすオオヤマレンゲの香りである。そのオオヤマレンゲこそ、茶人が茶花として珍重するもののひとつだと聞いている。もちろんオオヤマレンゲは茶花の資格をすべて備えている。午前中にはまだきりっとしたつぼみのように見えていても、夕方までには咲き切ってしおれてしまう。しかし私は花とその香りも評価するのだが、オオヤマレンゲの葉の美しさにいつも惹《ひ》かれるのである。植物の葉というものはたいていい一部が裂けたり破れたりしている。しかし、オオヤマレンゲの葉はなぜかいつもどこにも傷がない。ビロードのような深い緑の葉が、花はなくてもそれだけで芸術品のように見え、葉も美しいというのは花が美しい以上のものだと思う。人間もできればそのような人でありたいと思うのである。

見知らぬ人から届いた一冊の詩集

もう一種類、白い大きな花を咲かせるのが、タイサンボクなのだ。六月になると白い鳥が留まったような見事な花をつける。その花についてもひとつの思い出がある。

もう十年以上も前になるが、私はあるとき一冊の詩集を送ってもらった。『絹半纏《きぬばんてん》』という題で、百瀬博教《ももせひろみち》という詩人が書いたものだった。もちろん私はその著者を知らなかった。しかし作家というものは、ときどきこうして見知らぬ人から本を送られるので、私はそのページをぱらぱらとめくって、そしてひどく心惹かれた。一行二行でその文章に心をとらえられるというのは珍しいケースであった。それで私は、この著者に一種のファンレターを送った。詩の内容から見て、この人には前科があるということはわかったが、詩のよさというものはそういう現実とまったく無関係である。間もなく百瀬氏自身が現れ、自分は石原裕次郎《いしはらゆうじろう》氏の用心棒をしていて、ピストルの不法所持で捕まったことがあって秋田刑務所などにいたという話を淡々と語った。からだの大きな非常に礼儀正しい人で、父親もやくざだというようなことを言っていた。

私は職業や状態によって、つきあうつきあわないを決めたことがあまりないのである。心の琴線《きんせん》に触れる会話ができそうだと思えば誰とでもつきあう。それは私が失うべき地位も名誉も肩書きもないからであって、それが作家の最大のメリットといえる。この百瀬氏と会ったとき、私は当時私がやっていた障害者とイスラエルへ行く旅行について話した。そして「あなたは力がありそうだから、自費でボランティアに来て、車椅子を動かすのを手伝ってくださいな」と頼んだ。しかし私は百瀬氏が「はい、伺います」と言ったことなど忘れていたし、その後音沙汰がなかったので、来ると言っておいて来なかった不実な人だという思いもなかった。しかし旅の締切ギリギリになって百瀬氏から電話があり、自分は刑務所にいたときに、中の飯があまりまずくて苦しんだので、ムショを出てから急にグルメになり、そのために太って心臓にも脂肪がついてしまい、力仕事をすると息が切れてお役にたたない。代わりに手下を一人送りますから使ってください、ということであった。そのような何回かの会合はすべて私の家か私が用意したレストランで行われたのだが、そのときに彼は数十冊の大学ノートを持ってきて、「上坂冬子《かみさかふゆこ》先生と曽野先生は何年何月何日に法務省制作の

『矯正番組』でこういうことをお話しでした」と言うので、上坂冬子さんと私はなんとなく恥ずかしくてがっくりしてしまったことを覚えている。それほど勉強家であった。そして二度の刑務所暮らしは、「私に大学二つ出たくらいの分の勉強をさせてくれました」と、百瀬氏は言った。

とにかく本を読んだ。正月も読んでいた。すると看守が来て「おい、百瀬。正月くらいは休め」と言ってくれたこともあった。

またあるとき百瀬氏は「今読んでいる本の中にタイサンボクの花というものが出ていますが、自分はその花を見たことがありません」と看守に言った。

看守のことを彼らは「担当さん」という呼び方で呼んでいたらしい。その担当さんは黙って百瀬氏の言葉を聞いていたが、それから間もなく朝礼のようなものが行われるときに、担当さんは百瀬氏のそばを通りながら低い声で「おい百瀬、今日担当台を見ろ」と言った。担当台というのはその朝、看守が受刑者たちに話をする台のことのようだった。やがて朝礼がはじまって、百瀬氏が担当台のほうを見ると「そこに大きな一輪のタイサンボクの花が挿してありました」と百瀬氏は私に語ったのである。刑務所の看守たちがしばしば弱い立場の受刑者をいいことに、その扱いが非常に残酷だったり非人間的だったりすると訴える人がいる。「しかし、そんなことは決してありません」というのが百瀬氏の意見だった。その話は、こうしてタイサンボクの花とともに私の心に残ったのである。

第七章——私が敬意を抱くアフリカの植物たち

南アのホスピスに何度も出かけた理由

一九九二年に私は初めて南アフリカ共和国へ行った。ネルソン・マンデラがすでに長年の幽閉から解放された直後である。彼はその翌年の一九九三年にノーベル平和賞を受けている。私がその後も度々南アに立ち寄った理由は、当時働いていた海外邦人宣教者活動援助後援会（ＪＯＭＡＳ）というＮＧＯの組織が、日本人の根本昭雄《ねもとあきお》とおっしゃる神父さまに、援助のお金を出していたからであった。神父さまは医師ではなかったが当時ヨハネスブルグにあったエイズ患者のためのホスピスで働いていらっしゃったのである。私は寄付をしてくださったたくさんの方々の手前、お金の使われ先を自分で旅費を出して確認に行くことにしていたから、このホスピスを何度か訪ねる必要ができてしまったのだ。

私たちが初めてそのホスピスに対して行った援助は、冷蔵設備付きの霊安室を作ることだった。当時はたった三十床しかなかったホスピスで、死者は一ヵ月間に約三十人。毎日一人は亡くなっていたという計算になる。当時、エイズ患者は南アの国民の七人に一人と言われていた。

しかし、霊安室がない間は、死者はそれまで寝ていたベッドの上に、それまで掛けていたシーツにくるむだけで置いておかれたという。その隣のベッドには、まだ生きている患者がいる。「それはあまりにかわいそうだ」と根本神父さまはおっしゃって、私たちに、まず最初に霊安室の建造を要請して来られたのであった。

美容院や喫茶店を建てるというなら、私にも大体の予算の想像はつくものだが、霊安室は建てたことがないから、いったいいくらかかるのかさっぱりわからなかった。結局、神父さまの要求した額は二百万円を少し超えていたと思う。それでも私は、「どうせ病棟からちょっと離れたとこに作る、小屋みたいな建物でしょうよ」などと言っていたが、建築費をお渡しして半年後に行ってみると、それは立派な冷蔵庫で、片側に四体ずつ八体の遺体が安置できるような棚のある構造のものだった。もっとも私がこの霊安室は立派だったと言うと、今の日本人は笑う。「曽野さん、今は一体一室の霊安室ですよ」というわけだ。それでもその霊安室はすばらしい働きをすることになった。

霊安室における「投資の効率」

ある日、根本神父さまから私の家にファックスが入って「曽野さんたちに作っていただいた霊安室は毎日毎日死者が運び込まれ、昨日はついに九体になりました。つまり八人分の棚がいっぱいになって入らないので、最後の一人は間の床《ゆか》の上に置かなければならなくなったのです」と書いてあった。

その頃私は日本財団に勤めていたのだが、この凄まじい事実に打ちのめされ、当時同僚というべきひとりの理事の部屋に出掛けて質問した。その人は新聞社の論説委員室にいた方で、私が何でも質問をすると、親切に答えてくれる方だったのである。

「ひとつ教えていただきたいんですが、世の中には、投資の効率というものがありますでしょう。こういう場合、私たちのNGOがお金を出して建てた霊安室が、定員以上になって遺体を床に置かなければならなくなるほど使われることが、投資としての意味があったのか、それともある日、両方の棚ががらがらになって、中に一体も遺体がなくなった、という状態が見えたとき、初めて私たちは任務を達したと見るべきなんでしょうか」。その方は誠実な方だったので、私にこう答えた。「曽野さん、僕はわかりません。この手の質問は想定したことがなかったので」。私はその答えに誠実で温かいものを感じた。

霊安室に続いて病棟を建て、病棟に暖房を付け、空気清浄機を付け、患者を岩だらけの禿山《はげやま》の頂上に近い小屋まで迎えに行く登攀《とうはん》能力の強いジープを買い、やがてそこで育つ孤児たちの遠足用のバスも買うことになった。だから私は、ほとんど毎年のように南ア通いを続けていたのである。

強烈な海風に耐えて咲くプロテア

霊安室を開けると、そこには花が飾られていた。私の記憶の中ではそれがプロテアだったのだが、質素な施設が、ときには引き取り手もないような貧しい患者の遺体のために、わざわざ高価な花を買う余裕はなかったろうから、それはたぶん敷地内のどこかに生えていたプロテアの一種だったのではないかと思う。

プロテアの咲いている光景というものを写真で見ると、それは森林の一部でもなく、よく耕された庭園に生えている姿でもない。それは多くの場合、岩でごつごつの荒涼とした斜面に咲いている。ケープタウン近辺の風は遮《さえぎ》るものもなく吹きつけるので、それらの岩の斜面はしっかりした花しか育たないように見える。私は南アで、『南アフリカにおけるプロテアの仲間』という本を買ったのだが、プロテアはケープタウンの北東部から東の海沿いの斜面に沿って広がり、やがて内陸部に北上した一帯に繁茂《はんも》しているようだが、その種類は一七〇〇にも及ぶという。現在わが家に生えているキングプロテアに似た花径の極めて大きいものから、松ぼっくりのような姿のもの、ピンクッションと呼ばれている昔仕立て屋さんが手首にはめていた仮縫用の針山に似たものまでじつに多くて、これでは日本でプロテア栽培のマニアが出るということは稀有《けう》なことだろうと思わせられる。しかしどれもが強烈な風に耐え、決して肥沃《ひよく》とはいえない土に育つ芯の強い植物のようにみえる。

私は花といえば保《も》つものがいいという甚《はなは》だ経済的な価値観に傾いていた。シャスターデイジーなどという頑健そのものに見える西洋菊を植えてみて、それがあまり丈夫なのにすっかり魅せられたこともある。

自宅のプロテアが国際親善に役立った

日本人は勤勉な性格だから、すでにその頃日本にも種苗屋さんがプロテアの苗というものを売っていた。南アでは種を売っていて私も買ってみたのだが、そんなものが簡単に生えるとは思っていなかった。

さて、わが家に植えた「キングプロテア」なる花は、春に咲くとき、ゆうに直径三十センチはあるじつに美しいピンクの花を咲かせる。匂いはないが、一週間くらいは楽に保つ。枝といっても普通の花の柄と違って木質の幹のような太さになるので、のこぎりで切らなければならない。私はその花がわが家で咲いたことが非常に嬉しかった。ある年、十輪近く花をつけたので、私はそのうちの五輪をある知人に届けたのだが、それを持っていくときが大変だった。花束の総重量が七キロ以上になったのである。

このプロテアは、私のような素人が育てているせいか、毎年は花をつけない。しかし、隔年ということもなく、気分がむくと立派な信じられないほど豪華な花をつける。あるとき我が家では、台所の水バケツに切ったプロテアの花を十輪近くつけておいた。すると一組の男女が門のところにやってきて道を訊いたのだという。我が家は行き止まりなので、抜ける方法があるかと訊かれたらしい。そのとき女性のほうが花に気がついて「あら、プロテアだわ」と言った。家人が、「よくご存知ですね」と言うと、「だって私、花屋なんですもの」と答えた。そして「日本でプロテアを作っている人がいるんですね」と喜んでくれたという。

この花は後年も国際親善に役立った。私はある年、朝日新聞の悪意のある中傷記事によって南アの黒人に対する人種差別主義者だと書かれたことがある。朝日新聞というところは言ってもいない発言を捏造《ねつぞう》して、そのヘイト・スピーチまがいのことを世界に喧伝《けんでん》するのが好きなところらしい。しかしそれをきっかけに、私は東京駐在の南ア大使と親しくなった。女性大使で最初から私の書いた記事の内容を朝日新聞のように誤解したりしていらっしゃらなかったのである。私が大使館をお訪ねした後、大使は東京近郊の農村を見たいと言われて、ある日、私の別荘を訪問して下さったことがあったが、庭に入るなり喜ばれたのはプロテアが咲いていたことだった。もっとも、それはまだつぼみだったのだが。私が一九九三年以来プロテアを育てていますと申し上げたことが嘘でないことがよくおわかりになったのだと思う。南アフリカでこのプロテアの話が出ると、多くの南ア人が「まさか！　北半球でプロテアが育つはずはないわ」と言うのだが、実はまったく違うこともお目にかけられた。

私の知人——男性だが——に茶人がいて、ある日私は嫌がらせに彼にプロテアの花をあげましょうと言ったことがある。そしてわざと「一カ月とは言いませんけど、二週間ぐらいは綺麗よ」と付け加えた。すると彼は笑いながら、「結構ですよ。茶花というものは、その夕方までの命というものに限るんです」と断った。その国その土地によって、特徴のある花木が育つことがいい。そしてその大きな特徴の違いさえも、それぞれに愛《め》でる心があったほうがいい、と私は思うのである。

バオバブの実はすぐ植えても芽が出ない

アフリカに行っているうちに私が敬意を抱いた植物は他にもある。一つは有名なバオバブの木で、これはサバンナ（多湿な地帯ではなく、雨季・乾季を持つ熱帯草原のこと。

疎林や低木が散在し、雨季には丈《たけ》の高い草が生えるが、乾季には枯れる。アフリカ・南アメリカ・オーストラリアなどに広く分布する）に生えている。これほど一本一本個性のある木はないだろう。人の背丈の二十倍はありそうな大根足が、五、六本も集まって生えているように見えるのもあれば、おとぎ話の世界の巨大なかぶが木になったようなものもある。私が見た範囲では、サハラを北から南へ抜けるとすぐに始まるサバンナで、直径十メートルぐらいのバオバブの根元の洞《うろ》を納屋にしている家族がいた。しかし多くのバオバブはまっすぐに立って、そして決して他の木とは似ていない幹の太り方、独自の枝の伸ばし方をするのである。もし私がゲリラに誘拐されて、そしてバオバブの下につながれている写真が一枚でもあれば、そのバオバブの樹形からその土地を推定できるのではないかと思うくらいだ。

バオバブは素人ふうの言葉で言うと、都市の真ん中には生えていない。村のはずれに生えている。その頃すでに私にいろいろ植物のことを教えてくださっていた、元東京農業大学農学部教授の湯浅浩史《ゆあさひろし》先生が、かつてこの実について教えてくださったことがある。「曽野さんは何でも種を蒔《ま》くのが好きらしいけど、バオバブの実をもらったらすぐ種を蒔くのだけはいけませんよ。この種のまわりには白い糸みたいなものがついているんです。それは発芽抑制剤になっているのですから、必ず食べてその部分をきれいになくしてから埋めなければいけません」。バオバブの木の生えているようなところには、村の子どもたちがおやつを買いに走るような駄菓子屋もない。仕方なく子どもたちは、バオバブの実をおやつにしゃぶって、その辺に吐き捨てる。それが発芽の抑制能力をとり除かれた種として芽を出すのである。

アフリカの人たちの生活を支えている瓢簞《ひょうたん》

私はこの湯浅先生からじつにさまざまな知識を教えられた。その著作を通しての恩師である。アフリカで暮らす人々は誰でもがその土地に生えるものを、食料以外にも使って生きていることに気づくのだが、バオバブよりもっと広く使われているのが瓢簞である。瓢簞はどこにでも生えるらしい。土地の人がやっとこさその辺で手に入れられる木や雑木《ぞうき》や草の葉っぱを使って作ったオンボロ納屋の屋根の部分に這《は》わせておいても、立派な実をつけて形はさまざまだ。丸いのもあるし、細長い姿のもある。しかし土地の人たちはこの瓢箪なしには台所の機能を持てない。

われわれが通常荒物屋《あらものや》に行って買ってくるおたま杓子、ボウル、ちょっとした米びつなどの用途はすべてこの瓢箪がはたしているのである。丸い瓢箪の種の部分を出して、横に切ればその乾いたものはボウルになる。首が細く下の部分が少しふくらんでいるものを縦に割れば、それはおたま杓子になる。私たちがいまよく使う子どもの水筒や、ペットボトルにあたるものも、すべて瓢箪である。

もちろん、お金のある人はコカ・コーラの瓶を買うし、あるいは外人が捨てていったペットボトルを拾ったりできればそれも使うのだが、そのような恩恵を受けるチャンスがまずないという奥地に住んでいる貧しい人たちの水筒はすべてこの瓢箪である。ことに口が細長くて下が膨らんでいる恰好のものは、男たちがそれを腰につけて、中に飲料水を入れて運ぶようである。

湯浅先生は、この瓢箪の研究でも有名であった。先生とのつながりができたのは、私が「ひょうたん風邪」という短編を書いたときである。それは、日本のある地方の農村で自殺が流行する話である。村でひとりのおばあさんが首を吊ると、なぜかその近隣の村で、我も我もと首を吊る人が出る。人間が首を吊った姿は瓢箪に似ており、それが流行病のように蔓延《まんえん》するところが、つまりスペイン風邪とかおたふく風邪とかいうその風邪に当たるのだろう。そのような社会的パラノイアが現実としてかつてはあったという。たぶん現代では、医学上の知識の普及とか、科学的な姿勢や教育などによってなくなってはいるだろうけれど、たしかに一地方にあったものだという。先生は、そういう風習まで研究されていて、しかもアフリカにいらっしゃる理由は、アフリカの偉大な潜在的資材、瓢箪を調べにいらっしゃっているという。もちろん日本でも、杉も松も檜《ひのき》も茅《かや》もすべてその時代時代において貴重なものであった。しかし植物の生えるのに適していない水の少ない土地もあるアフリカを思うと、そこに生える植物が人間の生活を支えることの偉大さに、私は圧倒されたのである。

ダムの水量を守るにはマングローブを植えればいい

その最後のものは、マングローブと呼ばれる蛭木《ひるぎ》である。この木の特長は海水でも生えるということで、私は、インドシナ諸国、マレー半島、ボルネオなどの土地で、たくさんのマングローブの林を見てきた。

もっとも先生の著作によると、水中に生える木は、われわれの知っているマングローブだけではないという。「ヒルギ科のオヒルギやメヒルギ、クマツヅラ科のヒルギダマシ、シクンシ科のヒルギモドキ、ハマザクロ科のマヤプシキなどいくつかの科にまたがって」いるという（湯浅浩史『世界の不思議な植物　厳しい環境で生きる』誠文堂新光社）。

なぜそれらの植物が海水で生きていられるかというと、「体の内部の細胞の気圧が高く、海水から水分だけをこすことができるから」（前掲書）なのだそうだ。

一九九〇年に、私は今ＩＳＩＳが跋扈《ばっこ》しているあたりのシリア北部を抜けてトルコに入ったことがあるのだが、その目的はクルド人に会うことと、アタチュルク・ダムを見ることであった。世界でももっとも大きなダムのひとつとして有名なアタチュルク・ダムは、軍に守られていて一般人は近寄ることもできなかったが、年々水量が減っているという。その夜、クルド人の家庭に招かれて、絨毯《じゅうたん》の上に座って食事をしながらいろいろな話を聞いたとき、私はアタチュルク・ダムの水量を減らさないようにするにはどうしたらいいでしょう、という愚かな質問をしたのであった。すると、なかに土木に詳しい人がいて、冗談のように、それはアタチュルク・ダムの人工湖全体に蓋《ふた》をすればいいんです、と言ったので、私はなるほどと笑いながら感心してしまった。蓋がむりだとしたら、周辺に木を植えるのはどうでしょうと言ったのだが、あたりは極度の乾燥に荒廃していて、どんな木も生えるとは思われないほどの塩分を含んだ土地だという。そこで私は、今度は木について考えたのである。そのような土地には何の木を植えたらいいのか。すると答えはマングローブであった。アタチュルク・ダムの岸辺全体に植えれば少しは貯水池の水量が減らないようにできるかもしれない。そこらへんまでくると私の頭はもうかったるくなってきて、アタチュルク・ダムの水量の運命を考えるのは私の任務ではないという自然な態度に戻れたのである。

しかし、私の見た中近東、アフリカにおいても、植物の持つ力はじつに信じられないほど偉大だったのである。

第八章——

木も人も、風通しが大事

「他人の芝生」に口を出すのは無礼だが

昔、アラブ首長国連邦に行ったとき、庭の芝生をきれいに生やした日本人のご家庭に招かれた。アラブ首長国連邦の基本的風土は暑い砂漠の国である。降雨量は非常に少ない。そこで庭に芝生を生やすということは金持ちでなければできないし、大変な贅沢《ぜいたく》である。

ところがその貴重な芝生の長さが十五センチ近く伸びていたので、おせっかいな私はつい口を出した。

「奥様、この芝生は近々お刈りにならないといけないでしょう?」

人の家の芝生の生え方に口を出すなどというのは、本当は無礼なことなのである。でも私はその貴重さを知っているだけに、これでは芝生の根のほうが枯れてしまうのではないかと怖れたのである。すると、そこの夫人が答えた。

「わかっているんですけど、もったいなくて刈れないんです」

この辺の蔬菜《そさい》農業というものも私は見せてもらった。私たちが一般に温室というものを作るのと同様に、彼らは温室様《よう》の建物を作るのだが、それは温室ではなくて人工的に気温を冷やした冷室なのである。そしてトマトならトマトを植える場合、株と株との間隔を計算すると、それと同じ寸法に穴の空いた細い導水管をその上に配置する。

そこから水がまさに株の脇にだけたらったらっと貴重なしずくを垂らし続けるのである。つまり、必要のない土地には一滴だって水をやらないという厳しさである。

躑躅《つつじ》の枝先を刈る功徳

芝生もそうだが、躑躅も刈り込まないと株の下枝が密に生えてこない。人は植物をよく育てようと思うときには、切らないほうがいいような気がする。しかし生えるべき場所に根元のほうから枝がきちんと伸びてそこに葉を茂らせるということは、枝の先を刈っていかなければそうならないのである。もし躑躅を刈らないままにしておいたら、内側はスカスカになり、やがてその禿げのような部分が表からでも見えるようになる。躑躅は梅雨明けまでには必ず芽を摘《つ》むべきだと教えられて、私はそれだけは期日を守る。その後になって切ると新しい花芽も摘み取ってしまうからだ。

一口に刈ると言ったってどうして刈るのかと思うような大刈り込みもある。皇居でも拝見したことがあるのだが、畳数十畳敷きかそれ以上もっと広いような躑躅の大刈り込みはそもそもその下に何本の躑躅の木がありー人間がどういう足場を立てて刈っていったら奥のほうまで刈れるのか素朴な私は想像もつかない。しかし、そのような大刈り込みはごく自然な曲線を保ちつつ地面の凹凸に沿って繁茂し、そこに実に密な花をつける。これが枝先を刈ることの功徳《くどく》である。

三浦半島の百リットルの水タンク

二〇一五年の夏から秋にかけて日本は何度か集中豪雨に見舞われた。お気の毒なことに日本の西半分に被害が多くて、われわれ関東に住む者は、鬼怒川《きぬがわ》の決壊があるまで関東は豪雨とは無縁でいられるような甘い考えを抱いていたものだ。崖《がけ》崩れを防ぐには森を育てねばならないということはよく言われる。そして森を育てるには、木が密に植わった場所を放置すればいいというのではなく、それなりの意図を持って管理する必要があるということを都会に住む私たちはあまり自覚していない。

私は五十年前から三浦半島の海辺に土地を譲ってもらってそこに仕事場を建てた。私は当時山より海が好きな人間だったのである。もっともこれも最近は少し変わってきて山もいいなあと思うようになった。だから人間の精神などというものはあてにならない。この三浦の土地は最近ではほんとうに雨の降らない土地である。天気予報によって雨雲が三浦半島を通過することにはなっていても、私の家のある村の上だけは素通りする、みたいな日も多い。

農村の中で、遊びで植物を育てるということは、それなりに気を使うものである。いくら水道料金は自分で払うのだと言っても、農家の人々がトラック上の巨大なタンクに水を入れて、それを畑に撒《ま》いている姿を見ると、趣味で生やした植物に水などやれないと思ってしまう。

タンク一ぱいの水は、汲んだり撒いたりすると大変だが、畑に撒けばほんの上っつらを濡らす程度に過ぎないことになる。私は自分の家の屋根から樋《とい》を伝って入るような水タンクを取り付けてその天水で水撒きをすることを考えたが、その水タンクの容量はわずか百リットルである。

ところが二〇一五年だけ、この雨の降らない土地に豪雨が来たという。

農村地帯に豪雨が降ると、畑の表土が流れ落ちる。つまり農家の人々は表土に近いところに肥料を撒いているのだからその貴重な土だけを雨は無残に押し流すことになるのだ。自然の力はほんとうに情容赦ない。

そして一夜が明けたとき、私の家の塀のすぐ外の土が一箇所、くずれ落ちてそこから海水が見えるようになった。もともとそこは国有地の籔《やぶ》で人は歩かないことになっているから通行人に危険が及ぶということはないのだが、私は「やっぱり崖はくずれたか」という思いだった。

的中してしまった造園家の予言

私の家のフェンスのすぐ外は国有地で、個人のものではないのである。そこに生えている木は一種の防風林ということになっていて、雑木の林である。以前は松の木が生えていたのだが、松くい虫にやられたのか、全部枯れてしまった。

その後に私たちは何本かの松の苗も植えたのだが、それも若木として少し伸びた頃にいずれも枯れてしまった。もうこの土地では松はダメなのだと私たちも思った。それで残ったのが雑木林という姿である。

こんなことを言うと雑草とか雑木とは何か、と叱られそうだが、私は不勉強で木の名前はよく知らない。一本秋になると赤く染まる木があって、それはヤマウルシだとわかっているから、人には近づかないように注意しているだけだ。

それらの雑木を、私はわが家の費用で、少し丈《たけ》を詰め刈り整えたらどうでしょうと提案したのだが、防風林の役目を果たしている木は一切いじってはいけないのだと強硬に言われてやめにした。

しかし、それは間違いなのである。その頃私に一人の造園家が「これは上を切ってやらないと下枝が繁茂しなくて幹だけが見えるスケスケになるんですよ。そうすると崖に吹きつける風を防ぐものがなくて根本の土をみんな飛ばしてしまうんです。だからまもなく木の根元に土がなくなって防風林は抜けて落ちてしまうんですがねえ」と言ったのである。しかし、私はどうにもできなかった。

崖というのは海抜二十二メートルほどのもので、さして高くはないのだが、吹いてくる風は崖にあたるとエアカーテンのように垂直に立ち上がり、その上空に吹きつける横風を防ぐ機能を持つらしいのである。

わが家は平屋のせいもあるが今まで瓦《かわら》も飛ばずたった二本生えていたヤシの木が倒れるということもなく、無事に過ごしてきたのである。

しかし今度崖の土がざっくり落ちてその上に生えていた何本かの木ともども海中に落ちてしまったところを見ると、やはり、木というものは最低限、常に枝を刈って内側の枝葉を茂らせてやらねばならないという原則があったことが証明された。

アイオワで知ったレンギョウの美しさ

躑躅を梅雨明けまでに刈り揃えねばならないというのはそのときを逃すと、翌年の花芽ができる時期にさしかかるからだという。

木の種類によって刈り込みの時期のルールもさまざまで、レンギョウという一種の灌木《かんぼく》も花の直後に切りさらにもう一度切る、その時期が私はノートを見ないと覚えきれない。レンギョウは春を告げる素晴らしい灌木で私が初めてその美しさに惹かれたのは、一九六七年の早春、アメリカのアイオワという田舎町で二、三カ月を過ごしたときであった。もう四月にかかっていたのだから日本人にすれば春も熟してきている時期なのにアイオワはまだ寒かった。交差点に立って信号機を待っているときに笑うと、寒風《さむかぜ》が歯に沁みた。

「出っ歯だからだ」と夫は言い、私は「交差点で笑わなくてもいいということでしょう」と言ってこのアイオワ独特の寒風をなんとか容認しようとしていたものである。

しかしその中で確実に咲いていたのが見事なレンギョウであった。地面から弓のように直線を持って伸びた枝の先にびっしりと黄色い花がつく。それが寄り集まって、まだ花の色もない早春に、ここだけは春がきたぞという華やかさを見せていた。私は日本に帰ってきてからも、このレンギョウを植えることに執着した。日本の早春に自然の中の華やかさをもとめるとすればそれはかなり人工的な花を植えるほかはない。つまりパンジー、ガーデンシクラメン、などを早々と植えておくほかはないのである。

そうした人工的な春と違ってレンギョウが咲き出すと、これは本物の春が来たと人に思わせる。ただしレンギョウはなぜか平地には生えにくい。わずかな高低のある傾斜地や小さな南向きの崖の端に植えて、そしてその花の枝垂《しだ》れた流れが自然に落ちてくるようにしたほうがいい。レンギョウとともに、その美しさを競うのが白いユキヤナギで、それはまさに雪の積もった柳の茂みを見るような見事さになる。私の家の庭にある僅かな長さの斜面を、レンギョウに与えるかユキヤナギに与えるかで、私はしばしば悩んでしまう。しかし目下のところ、半々に面積を与えてそれがお互いに侵し合わずにどちらも独特の表現で春を奏でているというふうにすることが、この頃ようやく納得できるようになった。

花や果実のために不要な枝は切り落とす

木の枝を切ることは残酷だという人がいる。「でも人間だって床屋は行くじゃないの」と私は反論する。爪だって切らなければならない。植物を育てるのは葉で、葉をやたらに切ってしまうことは厳に慎まねばならないという原則はあるが、一方で不要な枝は切り落として花や果実に栄養が行くようにするという配慮も要《い》る。また、違った種類の植物が植えられている場合に、私の感覚では異種の植物の葉が自分に触れるのを嫌っている木が多いような気がしてならない。ほんの少し、枝が混みあわないように切ればいいだけのことなのだ。人間だって、列車の座席の隣が空くと、ちょっと気楽に感じることもあるのだし、会社の机で真向かいの相手がいなくなればなんとなくほっとするであろう。

人間も植物も窮屈な空間に押し込めてはならない

二〇一五年の後半の悲劇のひとつはヨーロッパにもアジアにも多くの難民が発生し始めたことだった。アジアではミャンマーの近辺からロヒンギヤという安定した国家を持たない人々が船でフィリピンなどに逃げ出した。アフリカ各地に起きている貧しさは、その人たちを北の豊かなヨーロッパへと駆り立てた。彼らはエチオピアからサハラにいたる凄まじい荒野や砂漠を越えて地中海に面した国にたどり着き、そこから、いつ沈没してもおかしくないようなひどい船に乗って、マルタ、シシリーなどへたどり着き、最後には豊かなドイツを目指すということになっている。

ドイツはメルケル首相がまず音頭を取って難民の受け入れを表明し、それが現実になると国民の中に反対が起きて簡単にその計画が実行されてはいない面もあるようだが、日本の新聞にはまったく載せていないドイツの収容所の写真を見たことがある。大きな体育館の中に仕切りも何もなく数十あるいは百以上のベッドが置いてあって、そこで行き先と仕事の決まらない難民が暮らしている姿である。これが運よくドイツにたどり着いた人々の幸運のかたちだ。もちろん一軒家を借りられた人の話も私は読んでいる。しかしいずれにせよ彼らが望むのは、人間が他者と適当な間隔を持って暮らすことである。それがたぶん人間の尊厳とも関係のあることなのだろう。贅沢は言わなくていい。五人の家族が暮らす場合、日本のように子供が一人一つずつの部屋を持つということはできなくても、一定の空間を与えられてそこで眠りもし、思考もできるという状況が大切だ。それにはあまり窮屈な空間に人間を押し込めるということはやめなければならない。

植物も同じである。

風通しの悪い人間はどこかで病に冒される

　私の母は昔から植え込みの植物が家の壁に触れることを嫌っていた。昔の家には、ヤツデ、ナンテン、ハラン、イチジクなどの低木が家の近くに植えられていたものである。これらは日陰でも育つ植物である。母はそれらの植物の葉先が家に触れるのを嫌ってこまめに刈り込んでいた。風通しが大事だというのである。

　風通しとはなんという微妙な言葉だろう。風通しの悪い人間の生活は必ずどこかで病に冒される。中国には十三億もの人間がいるが、広大な国土を持っているから日本よりはるかにひとりが広い敷地を占めて暮らせるように思うが、最近の中国を見ていると、精神的にひどく風通しが悪そうだ。精神の風通しが悪いという状態が出るにはさまざまな要素がある。思想を圧迫すること、他人に干渉すること、あるいは近隣の迷惑も考えずに工業用の悪い空気や水を放出したり、山火事を放置したりすることまで含まれる。それらをコントロールするのが政治であり、外交であろう。私はせいぜい家の中の風通しをよくする。働いてもらう人たちができるだけ楽なように、笑えるように。一緒に食べる昼食やお茶の時間が楽しいように。

うちは働いてくれた人たち全員が、一緒のテーブルを囲み、同じ「サラメシ」を食べる。そういうときに精神と現実の風通しが悪くてはいけないと思う。

考えてみると、人間と植物は好みがよく似ている。まったく放置してもいけないのだがいじられすぎるのはいやなのである。隣人がいたほうがいいのだが、それらがしつこく干渉してくるといやになる。

農家のベテランの仕事ぶりなどをテレビで見るとなにごとも専門といわれるには大変な知識と努力が要るということはよくわかるが、その基本にある植物の欲求は、人間の好みとそれほど違ってはいないように思われてならない。

第九章——二百年先を見越した伊勢神宮《いせじんぐう》の木

庭にたくさんのみかんを植えている理由

　最近私の海の家に来た人が畑地になっている庭を眺めて、

「ずいぶん無計画にたくさんみかんを植えましたなぁ」

と、どう聞いても褒めたのではなさそうな言い方をした。ことの起こりは細川護熙《ほそかわもりひろ》元総理がまだ熊本県知事でいらした頃、私は対談をしたのである。そして、素人の道楽で果実や野菜を植えている話をした。すると細川氏は熊本県の産物であるみかんを思いつかれたらしく、そのうちにみかんの苗木を送りますと言って下さった。

　もちろん、みかんの苗木を一本いただけば私は大切に植えるだろうと思ったが、しばらくして送られてきたのは計十二本四種類ほどの違ったみかんの木であった。私は空いている土地に適当と思える間隔だけとってそれらのみかんの木を全部植えた。するとそれらが根付いてすくすくと育ったのである。私は熊本県の特産物振興課のようなところのご意向がよくわかる。素人なのだから数本は枯らすだろうと思ってたぶん余分にくださったに違いないのだ。その中に一本、熊本では晩白柚《ばんぺいゆ》と呼ばれる巨大な実がある。うまくいくと普通のサイズのやかん以上の大きさの実になるのである。この晩白柚さえ今でもうちでは立派な実をつけている。そして、習慣も守らずものぐさな私はお正月になるとこの晩白柚の実をひとつ、当世風に色を塗ったお三方《さんぼう》をなにやらおめでたそうな紅白の紙などで飾って、その上にこの実を置いてお供えの代わりにしている。

残酷だが、しなければならないこと

もちろん、あらゆる柑橘類《かんきつ》もまた摘果《てきか》という実の数を減らす作業をしなければならない。全員が平等に生きるのが理想だなどという原理はまったく通用しない。柑橘類はすべて実が小さいうちに……とはいってもそれらの実が安全に定着して生育するということを見極めた頃に……数を減らさねばならないのである。今年は先日行ってみて驚いた。晩白柚が一箇所に三つも生《な》ったままになっているのである。これは明らかに私が摘果を怠った証拠である。だから小さな急須くらいの実が三つもすずなりに生ってしまったのである。

何度も言うようだが、まともな実を生らすために育ちの悪い実を取るということは実に残酷なことだ。しかしそうしなければ、すべての商業的農業は成り立たないのである。こうしたことを考えて物事の当然性も残酷性も本当は発言すべきであろう。

それでも私はこの庭で温州《うんしゅう》みかん、甘夏、金柑《きんかん》、ネーブル、そのほか名前もわからない柑橘類を半トンはとることになる。

じつをいうと私はすっぱいものが苦手で、みかんもあまり食べたくはない。しかし夫は戦争中の食料のないときに旧制高知高校の学生で、高知で暮らすことになった。食料不足の時代でも鰹《かつお》とみかんだけは山のようにあったという土地だったので、今でもみかんを無限に食べる。それで私は十月の末から六月初めまで、なんとなく自宅でとれたみかんで夫の好物の生のしぼり立てジュースの補給をしているのである。

畑にも綿密な計画図が必要である

しかしあらゆる植物にはたぶん生産に適した年限があるのだろう。私の家の庭にはほかにキウイの雌木が四本、雄木が一本あって、たくさん生る年には数百個もとれたことがあるのだが、これも私が摘果をしないので、ピンポン球くらいの小さなものになってしまい、店で売っているような立派な大きさの実にならない。

そして、キウイにもまたもっとも多くの実をつける年齢とそれが衰えてくる時期とがあるようだ。私の家の庭なら、「この頃生りが悪くなったわね」で済んでいる。しかし、生産農家ではこんなことを言っていられないであろう。産量の少なくなった老木はあっさりと切り倒し、同じ土地を再利用できるなら、そこに若木を植えて育てるべきなのである。同じ土地を再利用できるなら、と今私は簡単に言ったけれども、植物には同じ土地を嫌うという基本的な性格がある。たとえばジャガイモ、ナス、トマトは同じナス科だから連作ができない。私は一年くらいおけばいいだろうと高をくっているが、本職に近い野菜栽培をしていると四年に一度しか植えられないのだという。すると畑もまた綿密に計画をたてて何年度にはどこに何を植えるという計画図をつくり、それをもとに生産をしていく必要がある。

土地利用の計画というものは、工業団地や宅地の造成だけに要るものではない。本当はあらゆる耕地に適切な植物を植えていくために必要なものである。それで思い出したのだが、二〇〇三年に日本のＰＫＯがイラクのサマワに進駐した。私はイラクも知らず、サマワという田舎町がどの程度政治的に危険な拠点となっていたのか知らないのだが、いずれにせよそこにいる自衛隊員の安全というものは日本国民全員の願うところであった。そしてそれが首尾よく叶《かな》えられて一人の犠牲者もなく全員が帰還したはずである。

その頃私は日本財団の会長を務めていた。昔は、日本の兵隊さんが外国へ「出征」すると「銃後」のわれわれは何かしら兵隊さんがんばってくださいという意思を示すものを送ったのである。私たち子供は兵隊さんにお手紙を書いた。「おからだにきをつけてげんきでかえってきてください」というような平仮名だらけの文面である。すると母たちの世代が「慰問袋」というものを作った。日本手拭いを二つ折りにして縫ったもので、そこに何を入れたのか、子供の私の記憶はあまり正確ではないのだが、別の日本手拭い、ちり紙、歯磨き粉、石けん、一口羊羹《ようかん》などを入れた。そこに私たち小学生の書いた手紙も添えるのである。

ほかの人たちは兵隊さんの安全な帰還を祈って、千人針というものを作った。サラシに筆の竹の末端の部分で赤い印を何十個も何百個もつけ、道行く女性たちに糸で玉を作ってもらうのである。それがはたして弾除けや健康を支えるかどうかはわからないが、少なくとも千人に近いとはいわないが数百人の女性の手によって、戦地にいる兵隊さんの安全を祈願した印として送られたのであった。

自衛隊員の安全のために、サマワの女性教師を日本に呼ぶ

イラク派遣を聞くと、私のような年代は、自衛隊員の安全な帰還のために何かをしたいと考えていた。そして私には私なりにひとつの思いつきはあったのである。それが有効であったかどうかは知らないが……。

イラクの自衛隊がどのような土地にどのような防備力をもって宿舎を作っているのかはわからないが、私は彼らが土地の人やその敵対部族に襲われることをかなり危惧していた。たとえサマワの人たちが規律正しい自衛隊員に好意を持っていたとしても、サマワに住む人たちの敵対部族はそれを快く思わないはずである。こうした国々はわれわれの考えるような近代国家と違っていて、共通のイラク国家という観念はな

い。あらゆる政治的経済的関係はすべて部族単位でまとめられているものだから、私はサマワの町に自衛隊に敵対感情を持つ部族が入ってきたときに、それを土地の人に見極めて通報してほしかったのである。

日本人から見るとイラクの人は全員がサダム・フセインと同じ顔をしているように見えるので、その敵味方を見分ける力はサマワの町の人にしかない。だから私はサマワの人たちに自衛隊だけではなく、日本というものに対する好意を植え付けたかったのである。そのため、サマワの小学校の女性教師を日本に呼びたいと考えた。

このことを日本財団で言うと、はじめはみんな半信半疑だった。そんなことをしたって、効果が薄いでしょうと言う人もいた。何しろ電気のない土地もたくさんあるから、テレビは普及していないだろうし、新聞などというものをとっている人は稀《まれ》であろう。そうすると日本人の言うマスコミによる伝播《でんぱ》力というものはないに等しいのである。

しかし私はアラブ世界を少し知っていた。どこの家庭にも女部屋というものがあって、そこはその家の父か兄のような立場の人しか覗くことができない。外部の男性は一切入れないのである。しかしその女部屋にはその家の奥さん、嫁、娘、従姉妹、それらの嫁にいった先の姉妹など、あらゆる女性が集まって、ビスケットを食べながら噂話をする。その女部屋で語られる噂の伝播力というものは凄まじい力なのである。彼らはそれぞれの家庭に帰ってから、今日聞いてきたことを喋りまくる。そうするとそれを聞いた女性親族がまた各家庭の女部屋で喋るというわけだから、電波料や広告料も一切なしに、強力な噂として伝わるのである。

そこでもし日本はいい国だということになれば、彼らはイラクに帰ってそのことを喋りまくり、その結果、サマワ全市が日本のファンになるだろう。とすれば、その国から来ている自衛隊員の安全というものを考え、敵対部族の勢力が街中に見えれば、それを必ず自衛隊に密告してくれるだろうと私は計算したのである。

しかしイスラムの女性を外国に招くというのは、容易なことではなかった。まず、たいていの保守的なイスラム国では、女性は決して一人で外出しない。同じ村のすぐ近くにある店にパンやジャムを買いに行くのでさえ、女性が家から出ないところもある。誰が買いに行くのですかと訊くと、自家やその辺にいる男の子にお使いを頼むのである。そんな女性を国外まで旅行させるということはほとんど不可能に近いことであった。

イラクの女性が驚いた巡視船の中の光景

途中の経過を省いていえば、二人の女性は一族で、そこに同じ一族出身と思われるイスラム教のお坊様と、近代医学を学んで西洋の生活も知っているドクターが一人付き添って、日本に来ることになった。つまり、一族の男性の庇護《ひご》なしには彼らはどこにも旅行しないというルールは守られたのである。そこまで決まっても、その後が大変だった。日本財団からクウェート国境まで迎えを出し、サマワから国境に来た人にその場で暫定的に日本のビザを日本大使館に発給してもらった。それからずっとお坊様、お医者、に付き添われた二人の女性たちを日本まで連れてきたのである。私はその間にいろいろな計画を練っていた。当時の日本財団の主務官庁は国交省だったから国交省にお願いして、まず海上保安庁の巡視船を使って東京湾を見せていただくことにした。サマワの人は海を見たことがないのである。この船は外国使臣も乗せるようなトップクラスの船で、二人の女性たちはそこで初めて海というものを見た。しかし驚いたのは、その船の船長が女性だったことらしい。イスラムは男性優位の社会だから女性の命令一下、男が動くという世界を見たのは初めてだったのである。しかも船のような小さな空間で男女がいっしょに仕事をしている！　これも見たことのない光景であった。

それから私は伊勢神宮にお願いして、参拝することをお許し願った。というのは、イラクは一神教の国だから、国民の多くは多神教の神道のお社《やしろ》では決して礼拝をしないはずなのである。拝殿の前まで行ってどんな行動に出るか、私は予測もつかなかった。

伊勢まで行く電車の中も、一種の日本学を学ぶ場であった。日本財団にはアラブ語に堪能な人もいたから、この人の通訳を通して、日本は男女平等であり、たとえば今日のグループの中には、仏教、キリスト教、神道、イスラム教と四通りの信者が揃っているが誰一人としてそこで摩擦を起こすことはないという説明をした。中の日本人のイスラム教徒は、さらに日本はレディーファーストの国だとさえ教え込んだ。必ずしもそうではないと思ったが私は黙っていた。イスラムのお坊様は絶大な権限を持っているから、何をするにも自分が先に立って歩く。するとその日本人のイスラム教徒はその人の太ったお腹を叩いて、その都度「女が先」と言うのである。するとお坊様も仕方なく、伊勢に着く頃までには女が先という「暴力的」な？　思想に耐えるようになった。

外国には存在しない「遷宮」という発想

伊勢神宮はじつに寛大なお社であった。平たい言葉でいうと、本当によくしてくださったのである。昇殿参拝を許され、お神楽《かぐら》をあげてくださった。お茶もいただいた。そしてわれわれが拝殿に着くと、日本側の一人は神主でもあったので、正式な伊勢神宮式の参拝をした。私はそれに倣《なら》ったが、わざとイスラムのお坊様のほうは見ないようにしていた。お参りにならなければそれでいい、と思ったのである。ところが伊勢神宮方式にしたがって礼拝をなさったという説もある。すべては人間の寛大さというものがもたらした優しい空気であった。しかし、彼らが感動したのは、境内の自然であった。二十年に一度ずつお社を建て替えるという発想は外国にない。外国の信仰の本山は、どれだけ寺院を長くもたせられるかということである。ガウディが建てているカトリックのサグラダファミリア（聖家族）教会にしても三百年も建て続けているといわれ、それはつまりこの先三百年以上はそのお社がもって当然ということでもあろう。しかし伊勢神宮はすでに七世紀の昔から、じつに新しいものの考え方をしていた。物質がもつ時間を計算して、ご遷宮という名の下《もと》に建て替えていくというやり方である。このような新しい思想をもって運営されている信仰は世界にほとんどないだろうと思われる。

境内には立派な杉の木が生えている。ここから切り出すわけではないが、二十年ごとのご遷宮のための杉の木は二百年先まで計算され、必要な量が余分な分を含めてすでに植えられているという話を私はした。それも彼らには驚きであった。

イスラムの人々が夢見る立派な林というものは、ナツメヤシの林である。高さはせいぜい六、七メートルぐらいのものだろうし、オアシスにはほかにザクロ、イチジクなどの木はあるが、伊勢神宮ほどの深い森が育つという環境はない。神宮では砂利道に落ちた落ち葉は植え込みの内側に戻され、それが自然の堆肥《たいひ》になっていくという姿も私たちは見ることができた。しかしイラク人たちがもっとも驚いたのは、五十鈴《いすず》川の畔《ほとり》に出たときであった。最近のことだから「このままで飲めます」と言えるかどうか私はわからなかったが、とにかく清らかな水が流れていて、そこで私たちは手を洗った。その水はもちろん、煮沸《しゃふつ》すれば飲むことに何の抵抗もない水である。

イスラムの人たちの考える天国は「真水の川が流れ、緑したたる森か、ナツメヤシの林が生えているところ」だという。その天国は、聖戦《ジハード》を戦って死んだ人だけが行ける場所であった。しかし彼らは戦死しなくても、すでにそこに天国を見たのである。清らかな水の流れ。深い森。それらはサマワのイラク人たちが見たことのないものであった。

こうして彼女たちの日本の休日は非常に深い意味合いをもって終わることになった。私はじつは津田塾《つだじゅく》をつくった津田梅子《うめこ》さんのことを考えていたのである。まだ十代の少女がアメリカに行って、アメリカの文化の洗礼を受け、それを日本に持ち帰って女子教育の基にした。今このイラクの女性たちはただただ広い海があることに驚き、船の中で女性が指揮官となって男女が一緒に働き、そして二百年先までの緑を確保している信仰の土地を見た。それらをイラクの小学生に語るときに、その中から第二第三の津田梅子が現れる可能性があるかもしれないと思ったのである。こうした長い時間を予測した種蒔きというものが、むしろ本当の農耕の精神かもしれない。

日本土産は折り畳み傘だった

もっともこの方たちが一番喜んだのは、百円ショップを訪ねたときだったというニュースも流れている。

「何を買ったの」

と私は尋ねた。

すると、

「折り畳み式の雨傘です」

という答えが返ってきた。

「え。雨なんかめったに降らないところでしょうに」

たとえ降ったとしてもこういう土地の人々は雨やどりをして雨の終わるのを待つ。雨宿りの場所がなければ濡れていればいいのだ。衣類はすぐに乾く。降っている間は軒の下で待つのが世界中のやり方である。しかしそういう土地だからこそ、彼らは傘をさしたいのである。日よけになり、しかも折り畳みなどという精巧な工業生産品はなかなか手に入らない。一種のエリートだけが持てるものなのかもしれない。だから彼女たちは一家眷属《けんぞく》のお土産に雨傘を喜んで買って帰ったというのである。

何よりも強力なのは、二百年先を見越した伊勢神宮の林業であった。そしてまた、部族抗争もなく二百年先の歴史の平安を信じることのできる日本人の幸福というものであったかもしれない。

第十章——

野菜スープに込められた家庭料理の本質

小さい頃の鰹節《かつおぶし》の思い出

私は、五十歳を過ぎてから本格的に手抜き料理をするようになったので、それまでは正直なところ料理のできない女だと思われていた。母がまったく教えようとしなかったからである。私の母は、私が作家志望である以上、そのほかの仕事の分野に手を出す暇はないだろうと思っていたふしがあった。ただ娘時代から（当時はそれが普通であったが）、ごはんは家で作ったおかずで食べるものと思っていたので、いわゆる「お袋の味」は自然に身についた。母が台所に立つとき、子供の私は鰹節を削らされたもので、これは私に限らず当時の子供たち全般が「あの鰹節削りは嫌だった」という台詞《せりふ》を口にしたことがあると思う。

修道院学校の食堂での厳しい躾《しつけ》

母の料理の系譜のほかに、私に味を覚えさせたもう一つの場があった。私の学校は外国人の修道女の多いミッションスクールだったが、外国人の子供たちだけが学ぶ国際学級があった。この子供たちは、お弁当というものを持ってこない。それで必然的に学校で修道女たちの作った家庭料理の昼食を食べるのである。その食事を日本人の文部省令による私たちのような子供も、ある程度の料金を払うと食べることができた。母は私と同じで、もともとは家事の手をさぼりたいほうで、毎朝お弁当を作るのも嫌だったのだろう。私をその国際学級の子供たちの食堂に送ることにした。母にはそれなりの言い訳はあったのである。そこで私にテーブルマナーを仕込んでもらうということだったようである。

事実、食堂では厳しい躾が行われていた。食堂に立って状態を見ているシスターもその役をしたが、恐ろしいのは、同じテーブルにいる上級生たちであった。テーブルは、擬似《ぎじ》家族のように配慮されていた。テーブルの真ん中に上級生が二人、お父さんとお母さんのように座り、大きな容器に入れられてくる野菜スープや、大皿に運ばれてくるお肉や、深皿に盛られた煮た野菜などを取り分けてくれるのである。それを私たち小さい生徒たちは受けて、そして言われたお行儀どおりに作法を守って食べねばならなかった。一番厳しいものは、肘《ひじ》をついて食べないということであった。どこまでが肘かというと、手首までであって、手首より奥の部分がテーブルの面に触れると、すぐさま叱責《しっせき》が飛んできた。「肘を載せないで」という言葉である。もう一つ厳禁されていたことは、口に物を頰張ったまま喋ることである。これは大して難しくなかった。しかしおかわりをしたいときにも、もう少し塩を加えたいときにも、私たちは英語でそのことを頼まなければならなかった。会話は全部英語だったのである。私にすれば、ちょっと手を伸ばせば届くところにある塩の壺《つぼ》を、隣の人に「すみませんが、お塩をまわしていただけますか」と言わねばならないのは、まことに面倒なことであった。

外国人との食事に必要なのは「会話」

しかしそのような礼儀は、後年、私が外国で両側に外国人が座っているという状態で食事をするときに、礼儀の基本レベルを示してくれた。ただ、子供のときには躾けられなかったが、大人になって外国人との食事に必要だったのは、左右に座った男性(私の場合なら)と満遍《まんべん》なく会話をしなければならないことだった。日本の家庭では、よく子供に対して食事中にお喋りをするな、というのがあるが、あれは世界的にはまったく通用しない禁止条例であった。喋らないで黙々と食べるのは、むしろ楽なことなのだが、それは礼儀に反していた。仮に右側が六十代の銀行家、左側が三十代のヒッピーというような取り合わせで席を与えられたとき、銀行家とヒッピーとに満遍なく話題を合わせるというのは、これは一種の知性の問題になってくる。

西洋の食事では必ず両隣が異性であることに決まっているから、男性のほうも大変だ。右側にお婆さん、左側に若い美女が座ったとしても、決して左側の美女にばかり話しかけてはいけない。だいたい同じぐらいの時間で左右満遍なく笑顔を見せ言葉をかけるという心構えが要《い》るのである。これを日本の外務省では「横めし」というのだが、これはご想像のとおり、横文字で会話をしながら食事をすることである。

大人の会話の場合、しかし面白い話も出る。政治家は、同じ畑の人には言えないような裏話を小説家の私には平気でしたし、私はまったく話の合いそうにない銀行家と隣席になれば、リーマン・ショックというのはいったいどういうものですか、などという馬鹿な質問をして、相手が長々と講義をしてくれるのを聞きながら時間を稼いだのである。

週に一度は食べさせられた野菜スープの秘密

しかし、私は修道院学校からじつに深い外国の家庭料理の本質を習った。それはどんな食材も無駄にしないという精神であった。学校の食堂では、週に一度必ず独特の野菜スープが出た。今にして思うと缶詰の青豆なども使われていたような気もするが、とにかく人参、玉ねぎ、じゃがいも、セロリほか雑多な野菜を細かく刻んだ、今ふうにいうとミネストローネに似たスープである。たぶんこの出汁《だし》は牛骨でとられていたと思われるのは、国際学級の建物の外の竹藪《たけやぶ》の中に大きな骨塚があった。私はそれを見つけたとき人骨だと思ったのだが、あとで考えれば毎日スープに使っていた牛骨を捨ててあったものであると思われる。つまり日本人は宗教というとすぐに仏教的な世界を連想し、生臭物や肉を食べないという発想になるが、それはまったく信仰とは無関係なものである。ユダヤ教、キリスト教、イスラム教の三大一神教は、すべて水のごく少ない荒野に発生した。そこで彼らが食べるものは、わずかな蔬菜《そさい》と自分が育てた家畜だけである。もちろん粉を買ってきてパンは焼いたと思うが、基本的には牧畜によって育てた獣肉を食べるのが普通なのである。それは私たちが米飯を食べるのとまったく同じ状態であることを、日本人は改めて学んだことがないのだろう。

その野菜スープの意図を、間もなく私たちは察するようになった。つまり修道院は、週に一回野菜籠《かご》の大掃除をし、そこに残っているすべての野菜と、ときには昨日テーブルに出したごはんの残りまで入れているということがわかったからである。しかしそのスープは、見かけは悪かったが、なかなかおいしいものであった。そして私は、成人して結婚してからあとも、この野菜籠の掃除スープに近いものを作り始めた。今でも作り続けているし、そしてそこに込められた人間の姿勢をも学び続けているのである。つまり、与えられた命あるものはすべて大切にいただくという姿勢である。

その野菜スープに入れられないものは、ほとんどない。大根のしっぽであろうと、残った蕪《かぶら》の葉っぱであろうと、すべて食用になるものは入れることによって、味は渾然《こんぜん》としてくる。この頃よく異種文化との混在が必要だというようなことがしきりにいわれるが、説教されるよりもあのスープを食べさせるほうがよくわかると私は思う。

そのようなスープを食べて育った子供たちというのは、たぶん非常に台所の料理法に気をつける女になっているだろう。

お赤飯のチョコレートがけ

もっとも奇妙なものもあった。外国人のシスターたちはお赤飯というものも覚えて、お祝いの日には、お赤飯を炊《た》くものだということも実行していた。そこでそのうえに子供たちをもっと喜ばせようとして、チョコレートをかけたのである。私は甘いものが好きではないので、それとなくそのようなあやしげなものは避けていた節があるが、その手のものは始終現われて、私たちはキャーキャー喜んだものであった。大人になってからイタリアのコロッケ屋に行ったら、やはりごはんの入ったコロッケがあった。それが普通なのかどうか私は知らないのだが、コロッケも、おそらく前日食べ残したマッシュポテトと、肉の残りと、それからイタリアなら炊いたごはんと、一つだけ残っているゆで卵などをみんな切ってリフォームした料理に違いないのである。家でも食物でも、私はリフォームということがかなり好きだ。そこに個人が生きる姿勢や芸術が入る面があるからである。日本人は割れた陶器を友継《ともつぎ》や金継《きんつぎ》と称して修理して使うことを好む。古い十枚揃いのお皿などに縁《ふち》のかけたものが出れば、金継をする。なかに一、二枚金継がしてあるお皿が混じっていることなどは当然で、むしろそうしてあることに、時代を感じさせる面がある。一、二年前のことだが、代官山《だいかんやま》にある古い洋食屋さんで、スープのお皿が運ばれてきた。そのお皿がなかなかいいもので、ちゃんと金継がしてあった。私はそのことに驚いてその部分をじっと見ていると、運んできたボーイさんが、「これは金継と申しまして、いい陶器を大切に扱う場合に致すものでございます。決して割れたのをごまかしているのではありません」と解説したが、今の時代には、その金継の意味が、店のほうで説明してやらなければ客にわからなくなっているのだろう。私はそのように古い陶器を大事に使っているその店の品格に、とっくに打たれていたのである。そしてそのような陶器を使いながら、土にできたものをすべて使って料理してそこに盛る。その初動から最後の完成まで、ことごとく人の心が通っていることを示し示されるのが心地よいのである。

世の中にはさまざまなごちそうがある

この冬の初めのことであるが、私の家におから煎《い》りの好きなお客さまがみえた。私の家のおから煎りは、金目鯛の煮付けの汁で味をつけるのである。だから出来上がりは汚い色になる。料理人が作るとお醬油などをあまり入れないから黄金色《こがねいろ》の美しい色に仕上がるが、私のおから煎りはかなり茶色になっていて、決して美しいものではない。しかし金目の煮汁で味付けしたおからというものは、それだけで絶品になるのである。

さらに幸せなことに、その日、偶然私の家の庭で、鉛筆ほどの太さと長さのごぼうが三本採れた。ごぼうとしては、まことに惨《みじ》めなものである。しかし、この掘りたての細いごぼうは香りも味もいい。細かく切って、人参、日本葱《ねぎ》といっしょにおからに入れる。

私は、世の中にはさまざまなごちそうがあっていいと思う。見た目に美しい料理というものも――私はあまり好きではないが――、それなりに一つの立派な芸術である。しかし世の中には、そうした料理を始終食べているからこそ、私の家に来て、海山の幸をいっしょにしたような金目の煮汁で味つけした掘りたてごぼう入りおからなどというものを食べたくなって来る人もいるわけだ。どちらも威張《いば》ることもなく、卑《ひ》下《げ》することもないだろう。

掘りたてもぎたての絶対的なおいしさ

私の家では、今年、巨大なカリフラワーが採れた。ちょっとした団扇《うちわ》ぐらいある大きさのカリフラワーである。たまたまそこにいた一人の知人は、

「僕は夜、この生のカリフラワーにちょっと塩をつけて、それで焼酎を飲むんです」

と言う。それは暗にカリフラワーは茹《ゆ》でないで、そのまま出したほうが今日のお客さまにはいいという意味のことだったろうが、私は食べてみて、やはり茹でないカリフラワーはあまりおいしいとは感じられなかった。しかし植物がその特徴を示してくれるのは、新鮮さである。掘りたてもぎたてのおいしさは、どの野菜にとっても絶対

なものだ。

じゃがいもは、日本では、三度採れるらしい。夫の母は新潟県の生まれだが、じゃがいものことを三度芋と呼んでいた。しかし我が家では、じゃがいもは二毛作である。そして春に採れるじゃがいもとは別に、暮れから正月の頃にかけて新じゃがの味を満喫する。こういう新しい芋は、どんな料理をするよりもおいしい。皮付きのまま洗って、茹でただけで食卓に出す。それに塩だけの人、バターをのせる人などさまざまいるのだが、銘々《めいめい》の好みにしたがってちょっと味をつけただけで食べるのが一番おいしい。

金持ちならぬ「塩持ち」

再び話がとぶけれど、私はじつは金持ちならぬ塩持ちなのである。一番最近には、飛行機の乗り換えのためにたった一日だけドバイにいた。観光に連れていってくれた人もいたが、あそこはとくに見るべき面白いものもない。お土産屋にも連れていかれたが、干したナツメヤシの実などわざわざ買って帰りたいほどのものではなかった。

するとそこにコンクリートのかけらのように見える塩があった。
「この塩はどこから来たのですか」と聞くと、「対岸のイランから来ました」と言う。私はこのペルシャ湾を船で航海したことがあるのだが、アラブ首長国連邦から対岸のイランに向かって走る船の中には、怪しげな高速艇もある。というのは、イランは麻薬の供給源だと人が言うからだ。人参を載せたって、鶏を運ぶことになったたって、発掘した出土品を載せていたって、そんなに大急ぎで競走用のボートみたいな速度で航行する必要はないのだから、つまりこうした船は麻薬の運搬に使うのに違いない、と私は思い込んだのである。しかしいずれにせよ、この塩も対岸からペルシャ湾を渡ってこちら側にやって来たのである。

私は店主に、この塊はどうして食べられるようにしてくれるのかとたずねた。すると彼は、そんなものは簡単だ、特別なグラインダーで挽《ひ》いてやる、と言う。大きめの事務封筒のようなものにこの塊を入れ、そばにあった石でぶっ叩く。すると粗く割れた塩の塊になり、それをグラインダーに入れて粉にする。こうして私が買って帰った淡いピンク色のイランの塩は、いま私の手持ちの塩のなかで、もっともおいしいものの一つである。

私が塩道楽になり、食塩のコレクターになったのは、日本財団で働いていたとき、仕事でペルーに出かけたのがきっかけであった。当時、日本財団は、十三億円でペルーの僻地《へきち》に五十校の小学校を建ててもらう契約をペルー政府と結んでいた。私は疑い深い質《たち》だったから、当時のアルベルト・フジモリ大統領は、たぶん約束を守ってはくださるだろうけれど、地球上の国のなかには金だけ受け取っておいて一校も建てないという国だっていくらでもあるのだから、現地に見に行かねば承服できないと言い張った。できるだけ僻地にという財団の希望は叶《かな》えられていたのだが、私は大統領にお会いしたときに、この視察はわれわれが自分たちの足で行きますから場所だけ教えてくださいい、と言ったのだが、この希望は叶えられなかった。なぜならその場所は、ローカル飛行機で地方空港に降り立ち、そこから川舟で二時間、さらに四駆で三時間というような僻地にあって、私たちがペルーで費《つい》やすべき日数のなかでは到底行って帰れないというのである。そこで私は生まれて初めて大統領専用ヘリコプターでアンデスの山腹に降り立つという体験をした。

南米ではごく当たり前のことだが、大統領は事前に行き先を明かさない。保安のためである。どこへ行くのですかと聞いても、上空に行ってから言うでしょうという説明を受けるだけであった。そして着いたのが、地面が全部斜めになっているようなアンデス山中の村であった。学校は無事に建っていた。銘板にも日本からのお金で建てられたことが謳《うた》われていた。安全のために予告していないのだから、その日は日曜だったのか生徒ひとりいない。私はしかしこのような抜き打ち監査の結果に満足して、それからあらためてお腹がすいてきた。こんな田舎でレストランなど一軒もあるわけがない。道を聞いたおじいさんは、フジモリ大統領の顔を見ても大統領とわからなかった。この村には電気はないし、したがってテレビもなく、新聞も配られていないから、フジモリという人が大統領に当選して以来、彼はたぶん一度も顔を見たことがないのである。

いい塩はあらゆるものを生かす

すると大統領専用機からはバーベキュー用の炉が護衛の兵隊たちによって下ろさ

れ、火が点《つ》けられ、彼らもいっしょに焼肉のお昼ごはんが始まった。お腹がすいていたからおいしいのは当たり前だが、ことに素晴らしかったのは、フジモリ氏がどこからか出してきた塩だった。大統領は「これはブラジルの友だちが特別に僕に持ってきてくれたものです」と言った。本当にそのとおりだったのである。私は絶賛し、心のなかで、大統領は恐らく食事の後で私がほめた塩をくれるだろうと思っていた。何しろ十三億円も出しているのだから御礼に塩の一瓶くらいくれたって当然だという感じだったのである。まさしく汚職というより、「汚食」の予感である。しかしフジモリ氏は私の好きなタイプのケチン坊であった。食事が終わると塩の壜をさっさと自分の携帯品のなかにしまってしまった。じつにこのとき以来、私のいい塩に対する執着は始まったのである。いい塩はあらゆるものを生かす。肉も魚も野菜もその味を生かすということを知ったのである。

第十一章——

動物と共存することの苦さと苦悩

我が家のみかんを食い荒らすタヌキ

私が週末に行く家は三浦半島、つまり神奈川県にある。私の家からその別荘まで直線距離で約七十キロ、普通の速度で一時間十分ほどで着く。そんなに遠い距離ではないだろう。いままでは、毎朝一時間十分ぐらいかけて会社に通っている人はいくらでもいると思われる。

それにもかかわらず、横浜横須賀《よこはまよこすか》道路という、横浜から三浦半島の尾根の部分を南北に通る道路の途中から、「タヌキが出ます」という標識が出てくる。それを見ると、私の家に初めて来る同乗者がいれば「このへんから田舎なんですな」と言うのは、この小旅行を楽しんでいるのか、人の家をけなしているのかよくわからないが、たしかにタヌキが出るのである。

タヌキにはずい分困らされた。私の家にはみかんの木が二、三十本もあるのだが、そのみかんを食べ散らすのである。人間がいくら食べたって、私はそれを惜しんだことはない。どうぞいくらでも召し上がって下さいと言うのだが、タヌキの食べ方が困る。ちょっとかじっては捨て、また新しい実をかじるのである。もちろん厳密に言えば、タヌキにかじられたところだけ捨てて残りを食べても、私は何でもないのだが、木の下に食い荒らした実が散乱しているのを見ると、多少なりともその木の生育を手伝ってくれた人は腹が立つわけである。困りはてて、木の下にビニール袋にしっかりと包み込んだ安物のトランジスタラジオを置いて夜じゅう鳴らすこともやってみたが、少しは効いたかとも思われる程度で、やがてタヌキも音楽好きなのか、大した効果はなくなってしまった。

動物と人間との争いというものはどこでも発生していることが、外国製のテレビ番組などを見てもよくわかる。アフリカなどでは、ゾウが人間の村を襲って悪さをするということで、ゾウの群れが近づくと村民が一斉に石油缶や鍋を叩いてゾウを追い出す場面がたくさんあるが、解説者によると、もともとそこはゾウの土地であったのに、人間が開発して村を作ったか、あるいはゾウが隣接した居住地へ行く通り道であったところを人間の村ができてその道を塞《ふさ》いだのであって、人間のほうがゾウの生活を脅《おびや》かしたのだと考えるべき面もあるという。

簡単に共存しろと言ったってできないのが現実だ。

私は初めてタヌキを見たとき、犬だと思った。何十年も昔なら、野良犬がそのへんを自由に歩いていたものだが、最近では放し飼いにされてる犬など一匹もいない。そこに気がついてよく見たら、絵に描かれているような太い長い尻尾《しっぽ》が生えていたので、初めてタヌキだとわかったのである。

みかんの被害もあったので、市役所に行って罠を貸してもらうことにした。宵のうちに餌を仕掛けて一晩暗闇に置いておく。餌は初めは何をつけたか忘れてしまったが、普通は檻《おり》の中にドッグフードを撒《ま》くようである。しかし、私は昔、森で暮らす訓練を受けたことがあったので、タヌキは豚肉の脂《あぶら》が一番好きだということを知っていた。それで、おかずをロースカツにして、その脂のところを少し切り取ってぶら下げておいた。すると、その晩からタヌキがかかった。百発百中で獲《と》れるのである。これがまた困る。獲れたタヌキをどうしていいかわからない。市役所に電話をすると取りに来てくれる。私が驚いたのは、捕獲されたタヌキが暴れないということであった。行動の自由を妨《さまた》げられても、中でじっとしている。眠っているのを見て、私は

「狸寝入り」だと思ったくらいだが。ある日、ひどく暴れるタヌキがかかったと思ったので行ってみたら、野良猫であった。猫は往生際《おうじょうぎわ》が悪い。しかし、タヌキは「人間ができている」と言わざるを得ない。

「タヌキをお中元にお送りします」

獲ったタヌキをしみじみ見ていると、彼らは病気に苦しんでいた。後でわかったのだが、疥癬《かいせん》がひどくて、尻尾の毛など「ハゲチョロ毛」である。市役所の人に、「このタヌキはどうするのですか」と聞くと、「動物の医療施設に送って治療をして皮膚病を治してから、また放します」というので、私は逆上した。うちの畑に悪さをするから獲ったのだから、やたらに放たれては困ると思ったのである。すると、その人は私たちを慰めるように、「遠くに行って放しますから」と言ったので、まあ仕方がないかと感じた。私は深くこの点について詳しく調べたわけではないのだが、日本の国土にいる在来種は保護して放すのだそうである。しかし、ハクビシンのように外から「輸入」されて繁殖した動物は、はっきりとは言わないが、たぶん動物園の餌になるような気がしている。

タヌキが毎日獲れたので、ヒマ人の私はそれをタネに嫌がらせを考えた。知人の出版社の女社長のところにファックスを打って、「新鮮なタヌキが毎日獲れますので、そのうちにお中元にお送りします」と書いたのだが、返事はいっこうに来なかった。

タヌキについては、さらにおかしな思い出がある。ある日、私の家の長押《なげし》（押入れの上の棚）の奥でキーキーという変な声がした。私が丈《たけ》の足りない踏み台の上で手を伸ばすと、そこに入っていたティッシュの箱がバラバラに食いちぎられて、ゴミのようになって落ちてきた。私は長押の掃除もあまりしないが、ティッシュを引き裂いて入れた覚えもなかった。それで、いやな予感もしたのでゴム手袋をはめて中に手を突っ込んでみると、そこに生まれたての四匹のタヌキの子がいたのである。タヌキは普通、崖などに掘った横穴の中で子どもを産むと言われているが、この頃のタヌキは堕《だ》落《らく》して、より暖かい押入れの上を棲み処《か》に選んだものと見える。

しかし不思議なのは、そこまでどうやって上ったかであった。我が家は冬はもちろん閉まっているし、夏も蚊を恐れていつも網戸が閉まっている。だから、タヌキが入ったとすれば、その網戸を押し開けられたという記憶が誰かになければならないが、そういった事故は一度も起こっていなかった。ところがある夏の日、その日に限って家中の網戸も開けられていたのだが、物置とも言うべき小さな板の間の押入れの襖《ふすま》に足跡があった。つまりタヌキはほとんど垂直に襖を上って、その上に空いていた長押の部分から屋根裏に入り、十メートルほど離れた別の長押の奥に巣を作ったらしいのである。タヌキが垂直の襖を上れるという能力に、私は改めて感心したのである。

それから次に、私が畑で悩まされた動物はモグラであった。世間の雑誌や新聞の園芸欄には、各家庭で出た家庭ゴミを土に埋めれば肥料になると書いてあるが、それがモグラを呼んでひどいことになるのである。モグラはいったん棲みついたらあらゆる根をかじり、大きな被害をもたらす。私の家は専業農家ではないから、「モグラがひどくてねえ」などと言って愚痴《ぐち》ってみせていれば済むことだが、専業農家が商品の大根やごぼうや人参をかじられたら、許すことができないだろう。

モグラを退治する方法には、じつにいろいろなものがある。音波を発する機械だの、地面に刺す風車だの、いろいろあったが、どれもダメであった。結局、当時私の家にいた、ブラジルで農業をしていたという日系人が考えたのは、モグラの通路（土が盛り上がるのでその位置がわかるのである）に、縦に穴を掘っていって、横穴にぶつかったところで上から発泡スチロールのかけらに火をつけて放り込み、穴を塞ぐというやり方であった。すると、一種の毒ガスが出るらしくて、それがほぼモグラの全面的な駆除に役立った。しかし、生ゴミを入れれば肥料になるだろうという、いいかげんな農業記事を書いた人は困る。生ゴミは完全に乾燥して粉末にすれば使えるかもしれない。しかしそれには人手とお金と電気などのエネルギーがかかる。

大した被害ではなかったが、他にも悩まされたのは、一時野ウサギが出たことであった。野ウサギの子供は灰色の縫いぐるみのように可愛い姿をしている。ある日、私は私のさやいんげん畑の中で三匹のじつに愛らしい子ウサギを見つけた。簡単に手で捕まえられるのである。それで私は三匹をサンルームの中に閉じ込め、採ってきた新鮮なレタスの上に置いてやった。それを食べてくれればいいと思ったのである。帰ってきた夫にその三匹を見せると、縫いぐるみよりも可愛いと言ったくせに、つけた名前はコソと、ドロと、スリであった。スリという名前は、タガログ語だかマレー語の社会では、実際の女性の名前である。そして翌朝、様子を見ると、三匹はレタスを一枚も食べていなかったし、置いてやった水も飲んでいなかった。ウサギは水を飲まないのか、人の手の匂いのついたものは食べないのか、私にはわからないが、私はこの三匹を生かしておく勇気を失った。それで私は泣く泣くずっと抱いていたいような可愛い野ウサギを放してやったのである。彼らはまた私の豆を食べるだろうと腹立たしく思いながら……。

トンビは我が家の天敵

簡単に言うようだが、動物と人間の共存というものは、妥協できるほど簡単なものではない。私の家の上はカモメとトンビの社交場である。どちらも一種の風物詩として見ればいいのだが、彼らにも好きな電線があって、その上でウンコをする。すると、そのウンコが我が家の門の前のたたきと、ときにはそこに止めてある自動車の上に降り注ぐのである。私は薄汚い自動車などいっこうに気にしないのだが、この汚い自動車でよそのお宅へ伺うのですかと言う人は気にしていて、乾きかかってへばりついたその糞を取り除かねばならないから、トンビはやはり我が家の天敵なのである。

ある日、私は家の前で見知らぬリュックを背負った青年がウロウロしているのに出会った。道に迷ったかと思い、どちらへいらっしゃるんですかと聞いたのは、多くの人が私の家の付近から対岸へ渡れると思って入ってくるのだが、そこは行き止まりで、道を戻らねばならないのが普通だったからである。すると、青年は「あの……」と口ごもった挙句《あげく》、「じつはこのへんにトンビの巣があるんです。毎年見に来てるんですが、今年はどうなったか」と言って、一部枝が切り払われたらしい崖の上の防風林のほうを見ていた。私が「決して巣の場所を言いませんから教えて下さい。どのへんにあるのですか」と言うと、指さして教えてくれたが、そこに巣らしいものも、親鳥らしいものもいなかった。

ずっと以前のことだが、私を昔育ててくれた血のつながらない田舎のおばあちゃんが何十年ぶりかでやってきて、その海の家に住みついていたことがあった。この人はロビンソン・クルーソーのように、どんな状況でも生活できるという達者だったので、来るなりプラスチック製の漬物桶を買い、まだ白菜ができるまでには至らなかったので、買ってきた野菜でそこに漬物を漬けた。重石は私が持っていたのだが、やがて、菜っぱの漬物を食べ終わる頃、彼女はその桶を持ち上げようとした。すると、下からマムシが出てきたというのである。三浦半島はマムシが出ることでも知られていて、私は藪《やぶ》へ入るときには長靴を履いて、まず藪をガサガサと動かしてから歩いて下さいと、みんなに言っていたのである。

その勇猛果敢なおばあちゃんは、持っていた鎌《かま》でそのマムシを切り殺した。後でその話を聞いて、私は震え上がった。「うっかり嚙まれたらどうするのよ。一人で一一九番もできなかったら困るじゃないの」と文句を言ったのだが、「大丈夫だよ」と、その人は腕に自信があるようだった。たぶん七十代だったと思う。

おばあちゃんは、頭の切れたマムシを鎌の先に引っ掛け、それを崖から海に向かって投げ飛ばした。

「すると、驚いたんだよ。そのマムシの死体が下に落ちないうちにトンビが来て取ってったんだよ。あれはきっと蒲焼きが降ってきたと思ったんだろうね」と言うので、私も「うん、そうに違いない」と実感を持って答えた。動物の食物連鎖ということがよく言われるが、そこには、ある調和があるようだった。

カモメたちは、私の見ている限り、我が家の窓から見える湾のなかの生簀《いけす》の縁に止まって、そこでカタクチイワシを食べている。カツオ船が出て行くときには、生簀からカタクチイワシを取って、それを撒き餌にして魚をおびき寄せてから一本釣りをするのだそうで、そのために、生簀のなかにはいつも生きたカタクチイワシがいる。それをカモメは好きなときに食べているのである。

今の日本人は残酷な人と言われることを好まない

タヌキ、ウサギ、カモメ、トンビだけでなく、農家にとってはもちろんスズメもムクも大敵である。漁業が落ち目で海で漁網がいらなくなったと思ったら、その漁網が全部陸上に上がってきて、キャベツや大根の若芽を守るのに使われている、ように見える。もちろん同じ網かどうかは私にはわからないのだが。

スズメを追い払うには、一定の期間を置いてポンポンと音を立てる機械がある。べつに実弾が出るわけではないのだろうが、音でスズメが逃げるらしいのである。離れたところにあるから、我が家はべつにやかましいわけではないが、それを日系のブラジル人の男性が聞いていて不思議そうに言った。

「本当に日本人って不思議ですね。人間と動物とどっちが大事なんですかね。ブラジル人はこんなものを解決するのは簡単ですよ。一定の区域に入った鳥はみんな撃てばいいんです。もちろん保護区は残しておきますが、増えすぎたものは撃てばいいのに、人間のほうが我慢しているんですかね」と言うのは正論だ、と私は考えている。人間が作った作物や、人間が設備した生簀によって、これらの鳥は楽して食物を得ることができる。それはそれでいいのだが、それで増えすぎた分はやはり減らさねばならない。しかし、今の日本人は誰からも残酷な人だと言われることを好まない。しかし、それでは人生はやっていけないのだ。アフリカのゾウだって、現地で聞いたところによると、頭数を減らす操作がなされている。なぜならば、ゾウはあらゆる高い木をなぎ倒すので、キリンの餌がなくなるというのである。ゾウは撃っているのか、あるいは、別の鳥獣保護区に移動させているのか、そこらへんは私にはわからないのだが、いずれにせよ、増えすぎた場合は避妊の操作をするとか、何らかの方策を講じなければならないだろう。そこに人間と動物がこの大地の上で共存することの苦さと苦悩というものがある。

全面拒否でもなく、全面賛成でもなく

どんな生活にも、明るい面と暗い影があることは否めない。最近の難民問題も同じである。ドイツのメルケル首相がいち早く難民を引き受けますと言って、その結果にドイツ人の多くが反発した。日本はあまり難民問題を詳しく報じないが、北アフリカの各地から発した難民はほとんど地中海上のあらゆる地点に向かって移動している。上陸した移民に対しては、食糧、住居、医療、教育、その他の設備を与えなければならない。人間を殺すわけにはいかないから、そこで自《おの》ずから難民の上陸を制限しようという動きが出るのである。

私は人間がいいかげんなせいか、何でも妥協と折り合いだと思っている。全面拒否でもなく、全面賛成でもない。私は四十年以上アフリカで働くカトリックのシスターたちの運動を助けてきたが、そうした運動に係わらなかった日本の人たちからよく言

われたのは、一部の人を救っても、救えなかった人がいるじゃありませんか。その人たちに対して不公平じゃないですか、という非難だった。しかし私は、そういうものの考え方に動じたことはなかった。それならば、平等であろうとするために一人も救わないほうがいいのか。それよりも、不公平であっても、一人でも二人でも救うほうがいいに決まっているのである。動物と人間の折り合いもそのような苦渋に満ちた選択の結果であることを知りつつ、われわれは生きるほかはない。

第十二章——

三浦半島での贅沢な時間

海のそばに小さな家を持ちたい

私が短い期間であっても海のそばにいて暮らしたいと思うようになったのは、ごく幼いときからである。本当は私は海に向かない体質であった。今は何でもないのだが、子供のときは、海風に当たるとすぐに蕁麻疹《じんましん》が出たのである。信じられないような話だが、当時、省線と呼ばれていたJRの電車が大森《おおもり》駅を通っただけで蕁麻疹が出た。大森駅の近くに海があった証拠である。

それでも私の海に対する希求はやまなかった。私たち夫婦はさまざまな事情から親の家に住んでいたので、小さいながら自分の城と言われるようなアパートさえ持っていなかったので、できれば東京に近い海のそばに小さな家を買いたいと思っていた。

それが叶《かな》ったのが、息子が三、四歳の頃である。初めは、葉山《はやま》のはずれの山際に家を見つけた。横須賀《よこすか》基地に米軍がたくさんいた頃で、たぶんその家は「オンリーさん」と呼ばれる女性を住まわせておくための家だったらしい。やっと私たち夫婦の財力で買った安普請の家である。それがわかったのは、ある日、私が駐車用に砂利だけしか敷いてない殺風景な前庭に立っていると、一人のおじさんがやって来て、「奥さん、『ザ・デイリー・ヨミウリ』取ってくれんかね」と私に言ったのである。何で日本人の私が『ザ・デイリー・ヨミウリ』という英字新聞を取らなければならないのか、一瞬私はわからなかったのだが、きっと私もその手の女性に見えたのだろうと思う。

その家からは、夏場、海水着のまま、上にタオル地か何かの上着を引っ掛けて、五分も歩けば葉山の海岸へ到達することができた。しかし、その気楽な状態はあまり長くは続かなかった。というのは、逗子《ずし》・葉山が次第に東京圏への通勤可能区域に組み込まれてきたからである。朝八時頃、私がだらけた格好で庭に立っていると、生垣の外を鞄《かばん》を持ってせっせと歩くサラリーマンが増えて、私は何となく居心地が悪くなった。私とすれば、ここへ来れば、だらけているのが目的だったからである。それで、私はもう少し三浦半島の南へ逃げ出したいと思うようになった。その頃、夫が友人のヨットに乗せてもらって、三浦半島の周辺をセーリングしているうちに、人家のまったく見えない台地を見つけた。あの辺なら、家一軒もなくて土地も安そうだというのが、そのときの感じだったという。

結局、私たちはその台地の上の畑を買って、そして家を建てることになったのだが、アメリカの西部開拓者というほどではないにしても、人家の痕跡《こんせき》のないところに家を建てるのは大変だった。まず最初の年に四百メートル水道を敷いた。それで貯金はまったくなくなった。家を建てるのは翌年回しになった。家は建てたが、私たちの仕事では電話がないとみんなに迷惑をかける。しかし隣家からは離れていて、電信柱を何本立てればいいのかわからなかった。当時、遠藤周作氏の兄上が電電公社にいらして、その方にお頼みすると、電話は誰に対しても引かねばならないことになっているらしく、やがて電話が入った。当時はたいへん申し訳ない気がしたが、私の家より後から二軒の別荘が建って、私の家で敷設した水道もこの二軒に分けたし、電話も、電信柱を単独で使うことにはならなかったと思う。しかし、いずれにせよ、一種の開拓者ではあった。

これ以上に耕作に適した土地はない

なぜそこに家が建っていなかったかと言うと、三浦半島は偏西風《にしかぜ》のひどいところで、西に丘でもない限り、風が強くて住めないと言われていた。すべての村落は、西向きの海岸であれば、低いところに集まっていた。ところが、私たちが買った土地は海抜二十メートル以上あったので、そこはたぶん強風で建物がもたないだろうと、みんなに思われていたのである。しかし、三浦朱門は当時そこに生えていた松を見て、曲がってもいないのに、そんなことあるもんかと、自分の判断を優先した。住んでみればたしかに、それに近い穏やかな土地であった。

私たちは今でも、その当時建てた家に、つまり半世紀後の今も住んでいる。家が建つ前は大根畑だったので、土は素晴らしいものである。三戸《みと》式土器と言われる縄文土器が出るような土地だから、六千年ぐらい前から、人間が耕作をし続けていた土地なのである。チョコレートの粉を撒《ま》いたような黒土で、先人の苦労をしのばせるように、そこからは小石のひとかけらも出てこない。それほどよく整備されている。私は家を建てて間もなく、昔、私を育ててくれた新潟県出身の老女をそこに呼んだ。その人は農村の出身だったから、そういう土地を見るのが好きだろうと思ったからである。ところが、彼女は私の家の芝生の庭に突っ立つなり「もったいないねえ、こんなところに芝を植えちゃったりして」と、まことに不満げな調子であった。彼女は周辺の土を一目見ただけで、これ以上の耕作に適した土壌はないということがわかったのである。そのような土地に芝生を植えるとは何事だ、土地の恵みというものを無視していると、彼女は怒ったのである。今さら生やしてしまった芝生をめくるわけにもいかなかったが、その女性がしばらくその海の家に住みついて、「私は畑を作らせてもらうからね」と宣言した。どうせ八百屋もない、豆腐屋もないという土地だから、私は彼女が畑で菜っ葉を蒔き、大根を作り、芋を植えてくれるのを歓迎したのである。その結果、庭の隅のほうに三十坪ほどの耕作地ができた。私は間もなくその土地に軽量鉄骨を上げ、網を張って、巨大な養鶏場のようにした。みんなはそれを見て笑ったが、事実そのような保護装置がなければ、この土地では葉ものは、野鳥に荒らされて育たなかったのである。

　しかし私は、子供のときから大好きだったそのおばあちゃんのおかげで、にわかに畑仕事に目覚めるということにはならなかった。私は書くのに忙しかったし、腕力があるとも言えなかったから、重い肥料の袋を持ち上げたり、鍬《くわ》を使って畝《うね》を作るなどということも好きではなかった。実際に恐ろしく下手だったのである。鍬は、畝を作った後で、横にして表面をチョコチョコと撫《な》でれば、すぐ真っ平らな面ができるはずなのだが、私は鍬使いが下手で、種を蒔くべき平面を作ることができなかった。それで、私は木の板を用意しておいて、そこは見栄があったのだろう、人が見ていない隙を狙って畝の土をその板で平らにならして、いかにも鍬で処理できたような顔をしていた。

畑仕事をするようになったきっかけ

　そのうちに、私が四十代の後半になり、仕事の量も極限に近いまでに増えた。もっとも、推理小説の分野の超流行作家は月に千枚も書くと聞いていたから、それに比べれば微々たるものだったが、それでも私にすれば月に三百枚を超す原稿を書いていくということは、かなりの仕事量に思えた。私は生まれつき強度の近視だったが、肝心の視力が次第になくなっていくのを感じたのは四十代の終わりである。当時、私は聖書を題材にした作品と、医師をモデルにした新聞小説と、土木の現場を扱った月刊誌を連載していた。その三つだけでも書くのに膨大な資料を読まねばならなかった。私の目は、夜、家じゅうの電気をつけても暗く感じるようになり、それは中心性網膜炎という、一種の眼球の湿性肋膜炎《ろくまくえん》のような病気のためだと説明された。これは精神的なストレスが原因で、一回でうまく治さないと、網膜がひっつれたようになって治癒し、その結果、予後も視力に大きな障害を残す病気であった。そのとき初めて、私は六本の連載をすべて中断したのである。その一つひとつが私にとっては長い勉強の結果であり、なかには、『湖水誕生』のように、土木の現場に十数年も入って資料を集めたものもあった。さんざん迷惑をかけて勉強させてもらったのに、発表途中で小説を中断しなければならなかったのである。出版社に行くと同時に、私は取材させてもらった大手ゼネコンの人たちにも謝って歩かねばならなかった。すると、一人の現場所長が「曽野さん、もしできれば、治って書き上げてください。でも、ご無理だったら、現場に来てくださっただけでも嬉しかったです」と言ってくれた。その厚意に私は涙が出る思いであった。

つまり私は突然そこですることがなくなったのである。掃除も洗濯も、細部が見えてなくても手さぐりでできる。海のそばの家にいるおばあちゃんは、私に「畑をすりゃいいだよ」と言ってくれたが、今でも覚えているのは、彼女が私にドジョウインゲンの収穫を命じたとき、私はすでにその作業もできなくなっていた。つまり視覚的に、実と葉と茎の区別をすることができなかったのである。もっとも私はうそつきだから、手で触ってみて、実らしいと思うものを取ってごまかしていたが、畑作業といえども、視力がないと一人前の役に立たなかった。

そのような時期を経て、私は盲目になったときの自分の将来を考えていた。じつは客観的に見れば、私はあまり絶望しなくてよかったはずである。私は生まれつきあんまがうまかったので、もし視力を失ったら、鍼灸師の資格を取ろうと考えていた。私はたぶん評判の名鍼灸師になり、お金も儲かるのではないかなどと、しょった未来も予測できた。その間に一年、あるいはもっと長い年月が流れたが、さしあたり私の視力を妨害しているのは、網膜炎を治すときに眼球に直接射ったステロイドのために起きた若年性白内障であった。私はまだ五十直前だったのだから、白内障になる年ではなかったのである。このようにいわゆる若いときに起きる白内障は老人の白内障と違って、水晶体の全部ではなく、奥の中心部に小さな濁りが出る特徴があった。白内障の人の瞳を前から見ると、白い貝ボタンのように濁っている場合があるが、私の目は真っ黒だった。だから、白内障だと言っても誰も信じないのだが、眼球の奥のほうに出た濁りは視力に大きな障害を及ぼしていた。

毎週通っていた『新約聖書』の個人講義

その間に私がし続けていたことは、たったひとつ、『新約聖書』の勉強である。フランシスコ会の修道士であった堀田雄康神父さまは瀬田《せた》の聖アントニオ神学院におられて、私に個人的に『新約聖書』の講義をしてくださっていた。私はどんなに視力が落ちても、毎日曜日の午後、そこへ通うことだけは怠《おこた》らなかったのである。私は近くの駅前のバス停に行き、決められた番号のところでバスを待ったが、そこには二系統のバスが来る。私はもちろん行先を読むことができないし、大きな字で書かれた番号の数字もじつは判別できなかった。そこで私は毎回、初めてそのバスに乗るおばさんのように、「瀬田へ行くのはこれでいいんでしょうか」と聞いては、バスに乗っていたのである。

堀田神父さまのところでは、私がその日教えていただく聖書の部分を読み上げ、そこから神父さまの講義が始まった。その教えを受ける前に、神父さまは本当はすべて『新約聖書』の原語であるギリシャ語の原本を使って講義をしてくださりたかったらしいのだが、私は自分の視力のなさを知っていたので、神父さまに「神父様、今さらあのギリシャ文字を覚えてギリシャ語などでやっていたら、私の目は潰れてしまいます。ですから、さわりのところのギリシャ語だけ教えてください。そして、私がいかにも全部ギリシャ語で知っているように、つまりハッタリをかませられるようにしてください」と言ったのである。神父さまは事実その通り、私に教えてくださった。だから、私は今でもときどき、要《かなめ》のところのギリシャ語を使って説明したりして、いかにもギリシャ語ができるような顔をしているのだが、それはまったく見せかけだけなのである。

よく磨いたレンズを持った目になって、再び海の家へ

やがて、四十九歳になったときに、私は私の目の手術をしてやろうと言ってくださる一人の眼科医に巡り合った。それ以前、私は東京で何人かの有名な眼科医にかかったのだが、後で思うと、その人たちからそれとなく敬遠されていたふしがある。それはもしかすると、私が少しは名前の知れた作家だったので、もし私が全盲になると、あの手術は誰がしたんだということになり、そのドクターは私の目が悪いのにもかかわらず、技術の悪い人だと思われかねない恐れがあったからかもしれない。しかし、当時、豊明《とよあけ》の藤田保健衛生大学の眼科教授であった馬嶋慶直先生だけは私を拒まれなかった。先生は当時、ケッペルという、水晶体を超音波で破砕して吸い出すという新しい手術法を開発された方で、私のような若年性白内障には、これ以外の手術法はないと思われたようである。つまり、老年の白内障は水晶体が硬い氷の塊のようになっているから、角膜の一部を切ってコロリと出せば、それで処置が済む。しかし、私の

目は溶けかけのかき氷のような状態だから、角膜の一隅からコロリと娩出《べんしゅつ》させるということはできないらしかった。そのかき氷の部分をさらに超音波で破砕して、注射針のような先から吸い取ってしまうというやり方だからこそ、手術が可能だったのである。私は何度か豊明に通い、そして、あと二カ月で五十歳というときにこの手術を受けた。

画期的な手術であった。両目とも手術後は麻酔が効いていて、私は少し眠ったが、その眠りから覚めて、まだ目が包帯で覆われているときに、ずるいことをするのが大好きな私はこっそりその端を持ち上げて、自分の視力を確かめた。すると、二、三メートル先に置いてあった本（私はもはや自分の目では読めなくなっていたから、人に読んでもらっていたのだが）の表題がはっきり裸眼で見えたのである。私は信じがたい思いだった。第二眼めは、第一眼めの手術よりももっと効果的で、手術の翌日にはすでに裸眼で一・二の視力が出た。私は生まれてからそんなに明瞭に世界を見たことがなかったのである。

札付きの目だというので、私は一週間ほど入院し、状況が安定してから家へ帰った。その夜、私は自分の部屋に入り、前後がわからなくなるほど泣いたと書いている。

私はよく磨いたレンズを持った目になって、再びこの海の家へ帰ってきた。そこで私の毎日の楽しみは、それまでは見えていたはずだがあまり気にならなかった落日を見ることだった。

一日として同じ色彩を見せることのない夕映え

私の海の家は西側は相模湾、南は小網代湾《こあじろわん》という小さな湾に面している。その西側は膨大な海で、みんなは太平洋でしょうと言うのだが、じつは相模湾《さがみ》で、その向こうには晴れている日には伊豆の山々が見えている。富士もその上に一部姿を現すのである。

私は毎日その家で夕日を見るのを優先するようになった。落日の時間はもちろん冬と夏で違うのだが、天ぷらを揚げかけているようなときに、どちらを優先するかで私は滑稽な葛藤を覚えた。天ぷらは続けて揚げるべきなのだが、夕日を見ることのほうがずっと私の人生にとって大事なような気がした。私はしばしば天ぷらの火を止めて、落日を見てから続きを揚げた。

一日として同じ色彩を見せることのない貴重な夕映えである。この日を逃したら、二度と再びこの色を見ることができないと思うと、私はその巡り合いを捨てる気にならなかった。夕日が海に沈むとき、直前、海の中に金色の光が道のようにできることがある。エジプトでは、ファラオの魂は毎日船に乗って西方の旅に出て、翌日東から帰ってくるということを繰り返すと言われているが、私の想念の中で、この金色の道を辿るときに、私は再び帰ってくるとは思えなかった。しかし、それは麻薬的な美しさを持った誘導路で、私がその道の端に立ったとき、見捨てて、他の道を行きますとは決して言いそうになかった。

それは、月の場合も同じだった。月が早々と沈むとき、月も同じような黄金の道を海中に敷くことがあった。夜明けにただならぬ美しさで沈んでいく月を見るために、私の家に泊まりに来る人もいた。

私はそこに私流の無計画な庭を作った。できるだけ手をかけずに、しかし日本古来の植物は植えず、どこかに南方か、異国のにおいのするものだけを選んだ。

一番大きなものは二本のカナリーヤシだった。植えたときは庭ぼうきを逆さに立てたぐらいのあわれな苗だったが、今ではそれは十メートル以上はある大きな椰子に育ち、おそらく三浦半島中で一番高い椰子の木だろうと勝手に決めている。私が初めて南アに行ったのは一九九二年で、ネルソン・マンデラがノーベル賞を貰う前年であった。私は南アがすっかり好きになり、そこで見たプロテアの苗を、帰ってから日本で買って植えた。『プロテア』という本も買ったが、そこには何百種類もあると書いてあるので、プロテアのコレクションをすることはとても無理だったが、キングプロテアと日本で言われているものは花の直径が二十五センチはあり、その花を支える茎は枝としか呼びようがないほど太かった。そのプロテアに関してもっとも嬉しい思い出は、ある年、その花を一本、知人にあげたときのことである。その方は一キロ近くもあるような花の枝を持って電車に乗ったのだが、途中で何人もから「それは何というの花ですか、どこで売っていますか」と聞かれた。そして、それがきっかけで、その方は今まで描いたこともない絵を描くようになり、最近では、あちこちで賞を貰うほどのアマチュア画家になったというのである。

一期一会というのは、人に会うことだろう。人間に会うということは、それなりの複雑な面白さがあるが、しかし毎日違う夕映えを見ることも、それなりに私にとってはじつに贅沢な時間なのである。

第十三章——地球上のあらゆる地点が誰かの墓である

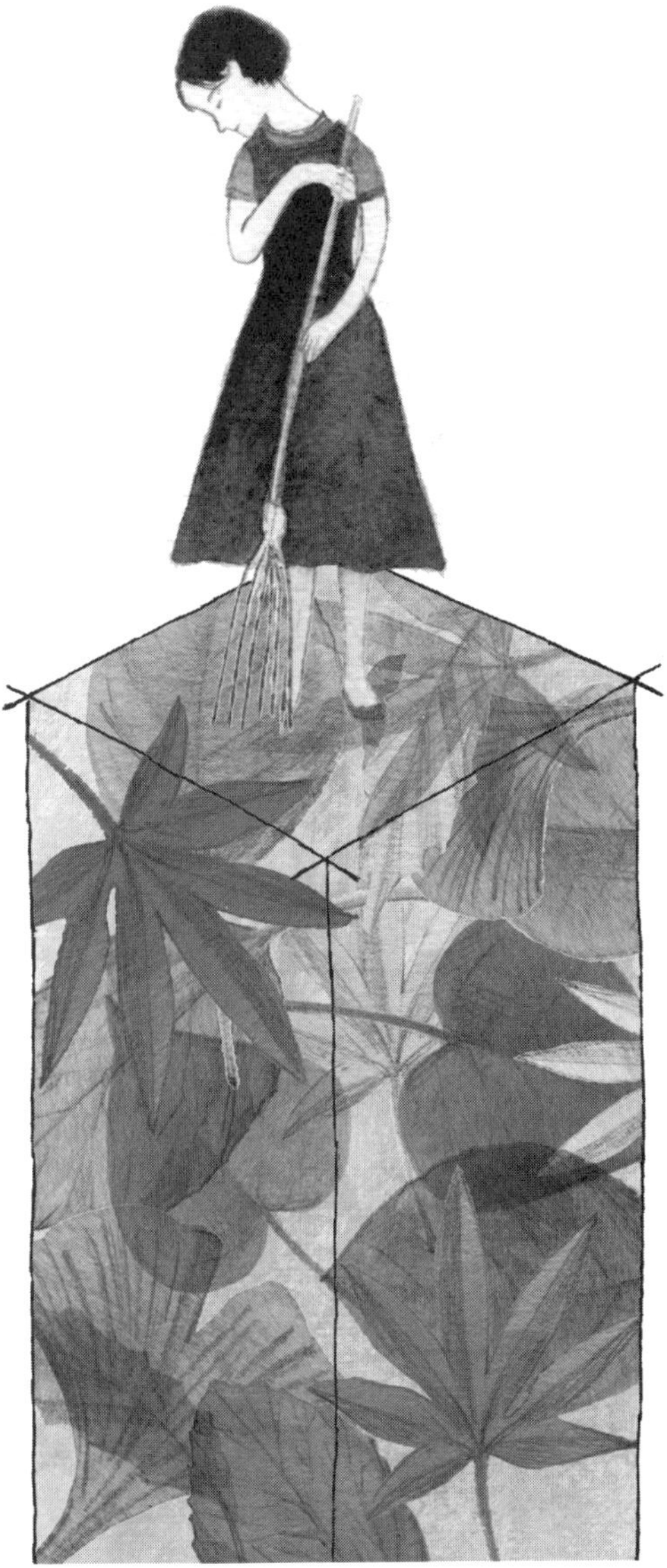

現世で会ったことのない姉の遺骨

私ぐらいの年頃になると、ときどき周囲がお墓の話をする。私はまったくその話題に参加しないというわけではないけれど、情熱を持って語ったことがない。お墓を建てることが高価過ぎるのなら散骨もいいと思っている。じつは人間が死んで納まる場所としてのお墓の意義をあまり感じていないのである。

私の父方の家族のことを、私は愛情をこめて「東京土人」と言うことがあるが、つまり彼らは東京の土着民で、都の東側の昔は郊外だったと思われる土地に古くからのお墓がある。だから、一族は、死ねばそこにお骨を納めればいいのだという安心感のようなもので、人間の死後の始末については考えを放棄しているように見えることもあった。

終戦後は、そこは近くの石鹸《せっけん》工場の煙突の見える光景で、確かにそれ以前は平坦な野っ原だったと思われる場所に明治前後から工場が進出してきたことをうかがわせるものであった。しかし、最近のことはよく知らない。というのは、私の父と母は離婚して、私が母を引き取ってその生活を見ることになり、父は再婚して、老後を共に暮らしてくださる女性と一緒になった。父母は仲の悪い夫婦だったので、この離婚には何の悶着《もんちゃく》もなかった。母はむしろ別れることにホッとしていたきらいがある。それで後年、父が亡くなったときも、父の現在の奥さんが葬式を出してくれ、そちらの家族の趣味で墓もつくった。父は次男だったから、そもそも墓は分かれてつくるべきだというのが日本の常識だったようである。そのとき、私がひとつこだわったのは、私には現世で会ったことのない姉が一人いて、私の生まれる六年前に三歳の幼児のときに肺炎で死んだといわれていた。そのお骨が石鹸工場の見える本家の墓に入っていたのである。私は、父がきっとこの娘を引き取って一緒に新しいお墓に入ったほうが寂しくないだろうと思い、本家の従兄《いとこ》にお骨を引き取らせてくださいと頼んだ。墓は昔から二基あり、背の低いほうが子供たちのためだけの墓だというから、当時は成人しない前に死んだ子供がけっこういたのだろう。

本家の従兄は快く応じてくれた。もともとお墓が手狭になりかけていたから、ちょうどいいという感じでもあった。私は所定の手続きを終え、墓石をどけてくれる人を正式に頼んであったから、それで万事、事は済むものと思っていた。ちょっと気になったのは、幼くして死んだ姉のお骨を見分けられるかどうかという不安だった。もしお骨壺のいくつかが割れていたら、どうしたものだろう。また、骨壺に名前か戒名が書いてなかったら、どう判別したらいいのだろう。お骨を「お見繕い」で持ってくるわけにもいかないしと思うと、少し憂鬱《ゆううつ》であった。

名札の付いた骨壺

ところが、本家の当主の従兄は、驚いたことに約束の時間にモーニングを着て墓地にやってきた。一人の親族を送り出すときにはモーニングを着てくるのだという常識を私はそこで初めて知ったのである。それほど礼儀正しい人たちであった。姉のお骨壺は迷うことなく判別できた。錆《さ》びないように銅線で縛ってあり、そこにきちんと名札も付いていた。名札は迷子札のようなもので、字は彫りつけられたものだったから、錆びもしていなければ、泥に汚れて消えているということもなかった。私は父と母の娘に対する執着をその骨壺に見たような気がした。私はそれを受け取って家に帰り、当時少しぼけていた母の枕元に、女の子らしいきれいな風呂敷に包んで一晩置いた。翌日父の後妻さんに届けるつもりだったのだが、一晩だけ母は一緒に眠りたいだろうと思ったのである。ところが、母はすでにそのような情緒を持てなくなっていた。私はホッとしたような、気が抜けたような感じだったが、これで父は父で新しい家族を形成し、私は母を引き取って新しい墓を建てることにした。日本の常識からいうと、母は旧姓に戻っていたから、父と同じ墓に入る必要はまったくなくなっていたのである。

ついでに新しい墓のことについて述べると、わが家の墓はまことに面白い状況になった。私たちは新しい解釈で墓をつくったのである。私たち夫婦が墓をつくるのだから、二人を中心に物事を考えた。一番先に亡くなった私の母がまず入り、やがて夫の母、次に夫の父が入り、数年後に夫の姉の分骨も入れた。姉は亡くなる前に、彼女の夫のお骨も一緒に入れてほしいと言ったので、夫の分骨も一緒に入れた。つまり、そこに入っている名前からいうと、三つの苗字の人々が共に眠ることになったのである。しかし、霊園側はそういうことにまったく文句をつけなかったし、私たちはお墓は自分たちの好みでつくればいいのだという思いであった。

墓のそばに小さな石碑をつくり、そこに私たちを中心に続柄《つづきがら》を記した。つまり知壽子（私の本名）母とか、朱門父とかいうふうに書いたのである。こうすれば、あとの世代が誰が誰だかわからなくなっても、たどることができる。

そこまでしたのだが、何々家の墓、××家の墓、ではないので、墓石には何と彫るかと気にしてくれた人がいる。私たちはそこにラテン語で二つの言葉を書きつけた。表側が「神を賛美いたします」で、裏側のちょっと見えないところに「私たちの罪をお許しください」という二つの言葉を選んだ。しかし、石の表面にはそれだけしか彫っていない。ただそこに現実の血が続いたファミリーがいるというだけの話である。

人間の生活と死は連綿と続いていく

ときどき、私はしみじみ思うことがある。この地球が生まれてどれだけの年月が経っているのか。普通は四十六億年といわれているが、とすれば、そのあいだに一体どれだけの人間がこの地球上で死んだのか。極寒の地や火山の上は別として、人間はどこでも生き、どこででも死んだろう。生まれた土地に生えていた植物の中から木の実や草の茎や根を採集して食べ、そして、生息に適した、風の来ない暖かい南向きの洞窟や風の当たらない窪地で死んだに違いないのである。考えてみれば、地球上のあらゆる地点が誰かの墓であるに違いない。それらの遺骸はことごとく土に還り、今、私はしばしば畑の土を握りしめることがあるが、その中に先人の遺骨が入っているだろうなどと思ったことはない。それほど人間は優しく大地に還っていったのである。だから、本当は墓をつくる必要もなく、亡くなった人は自分が住んでいる土地の近くに埋めて、死後もなお、自分の生活を見守っていてもらうという姿勢のほうが本当は自然のように思う。

私はいわゆる村の墓地というものが好きで、それは村はずれに一塊になってあり、生前隣に住んでいた人が死後もなお隣の墓にいるという感じに見える。そして、その人々は、墓石自体が一つの視線のようになって、自分の暮らしてきた土地に起きるあらゆることを見ているような気もする。誰と誰が喧嘩《けんか》した、どの家とどの家が娘と息子を出し合って結婚させた、どこの家の犬の子がどの家にもらわれて行った、というような村の出来事を死者たちも見守って暮らすというのは、明るい光景ではないかと思うのである。

イタリアで聞いた話だが、ある田舎の村に田舎風の一人のカトリックの司祭がいた。つまり、ギリシャ語で聖書を読むことに慣れていたり、神学の深い原典を見極めたりすることはあまりしない村の神父である。その人は暇さえあれば祭壇の近くで祈り、ときにはうたた寝までしていた。

「神父さん、寝るならベッドに行ったほうがいいんじゃないですか」と近くの人が言うと、「神様の近くで寝るほうが安心なんだ」と答えていたらしい。

田舎のことだから、人々は朝に夕に教会に立ち寄って祈った。このようなお参りを私たちは聖体訪問というのだが、そこで願い事やら感謝やらを神様に囁《ささや》いていくのである。恋人と結ばれたい、豚がたくさん子供を産みますように、こんなに雨が降らないのでは心配だからなんとかして雨を降らせてください、というようなことであったろう。あるいは、神父に直接、うちの女房は根性が悪くて私にこんなひどいことを言う、と訴えに寄る男もいたはずである。

この神父は夕方になると、祭壇の前で、今日人々から相談を受けたことを全部小さな声に出して神様に報告するのが習慣だった。それをまた村人たちが聞きに来るというのである。俺の言った話を忘れずに神様に話してくれたか、心配なのである。そこにはプライバシーの侵害だの、家庭の秘密だのというものは一切ない。神様はすべてお見通しで、さらにこちらから報告したいことがあれば、神父を通してそれを聞くべきだという感じである。もちろんこの神父はすでに亡くなっていると思うが、私はこの話が大好きだった。人間の生活と死というものは、このようにしてごく小さな世界でつながりながら、連綿《れんめん》として続いていくのが一番穏やかなような気がするのである。だから、砲弾で吹っ飛ばされたり、海に沈められたり、最近の難民のように自分の住んでいた土地から追われるという不幸はそこではっきりとしてくる。

死は絶対の成り行き

この頃、ときどき、死が怖いという人にも会う。相当な年の人でも、死のことを思うと怖くて眠れないのだという人にも会ったことがある。もちろん人間の感覚というのは不思議なもので、それに優劣をつけたり、とかくの批評をしたりするべきではない。私は長いこと、勉強のために土木の現場に入っていたが、現場で不都合な神経症には主に二つのタイプがあった。高所恐怖症と閉所恐怖症である。例えばコンクリートダムがどんどんせり上がって、高さ百メートル近くにもなると、ダムの一番上を天端《てんば》というのだが、天端に到達するための足場に登るのが怖くてたまらないという見学者がいるのである。

一方、私は閉ざされたところが怖くてたまらない。つまりトンネルへ入るのが嫌なのである。そう言うと、土木の技術者たちは笑う。トンネルはちゃんとコンクリートで巻き立てがしてあって崩落の恐れもないし、しかも今日曽野さんが入るトンネルはちゃんと先が抜けていて、つまり盲管じゃないんですよ、だから何も怖いことはないじゃありませんか、と言うのである。しかし、私は、あなたがおつくりになったトンネルの構造を信じないわけじゃありませんけど、トンネルは壊れるかもしれませんから、途中で生き埋めになるのが怖いんです、と言って、嫌がられていた。これが閉所恐怖症である。これらのどちらがいいとか悪いとかいうことはないけれど、死ぬということに関しては、これは絶対の成り行きである。死ななかった生物は一体もなく、枯れなかった植物も一本もないのである。つまり、それらは必ず大地か海に還り、そして、そこで多分、安定している。

私の家では、庭の一隅にコンクリートで作った風呂桶《おけ》ほどの升《ます》のようなものが二箇所あり、そこに秋になると落ち葉を集めて積んでおく。最初は升の縁よりも高いほどあった落ち葉は、やがて腐って、しだいに量が減っていき、そこに理想的な腐葉土ができるのである。本当はわが家の庭に落ちた腐葉土だけでは足りなくて、公園にもらいに行きたいぐらいだと思うことがある。私の家のそばにはかなり広い公園があって、そこにわざわざ落ち葉を取りに行く町の人がいる。多くは年寄りだが、家に持って帰って、ささやかな腐葉土を作る。それが園芸の役に立つのである。この腐葉土には、例えば松や銀杏の葉は使えない。ブナ、ナラ、クヌギのような広葉樹林でできた落ち葉が最も適するといわれている。

竹の切れ端にも使命を与える

私の一族に、少々変わり者だが、私と気の合う従兄《いとこ》が一人いた。この人はこの世の常識や約束をまったくといって守らなかった男で、彼が一生、飢え死にしなくてこの世を生きられたのは、まったくよくできた日本の国家のおかげだと言うほかはない。しかし、私に言わせれば、彼は人生を非常に愛した人で、大学では応用化学を学んだのだが、ヘッセや堀口大学《ほりぐちだいがく》の詩を呆れるほどたくさん暗唱していた。そして、小さな声で七歳も年下の私に、この世の悪事と人間の心の輝くような面を教えてくれた。老年になってから、彼は指物《さしもの》や、そこらへんに落ちているもので額などを作るのを楽しみにしていたが、それらは必ず一風変わった風格を持っていた。赤色の枠を持った小さな額なども作っていたので、「この赤にはどんな塗料を使ったの」と聞くと、奥さんが捨てると言っていた口紅を拾ってきて残っている紅をかき出して使った、というような答えが出るのである。それはひとつには、そのような細工物にお金をたくさん使えなかったからということもあるが、彼は「人が捨てるようなものを生かす」という趣味を持っていたのである。私だったら使い残しの短くなった口紅など捨てればさっぱりしたと思うだけだが、そこの部分にさえ生かす道があると彼は思ったに違いない。私の目に残っている最後の細工物は、一軒の藁葺《わらぶ》き屋根のミニアチュアであった。藁葺きにあたる材料もどこかから見つけてきていた。古い庭ぼうきの残りを集めたものではないかという気もするが、詳細は覚えていない。その障子の戸の奥には豆電球を使った灯りがともり、家のすぐ外には井戸の井桁《いげた》が組まれていて、釣瓶《つるべ》がしつらえられていた。その釣瓶は長さ十センチぐらいの短いものだったが、十センチという短さの中に、きちんと納まるほどの節がいくつかある長さの竹が使われていたのである。このミニアチュアの竹を自然の中から探すのに、彼は二カ月も林の中を歩き回ったという。

そのようにして、私のようなよそ者から見れば、そのへんに落っこちている竹か笹の切れっ端としか思えないようなものに、彼はひとつの使命を与えて、田園風景を完成させていたのである。

お棺は紙箱でいい

母が死んだとき、この従兄は真っ先にやってきた。母はすでに八十三歳だったから決して若くもなく、突然の死でもなかった。だから誰もあわてなかったのかもしれないが、この従兄はすでにお棺に入っていた母を見るなり、「もったいねえなぁ」と言ったのである。私が「何が」と尋ねると、「こんな立派なお棺に入れちゃって。これだけの木を僕にくれれば、いい箪笥《たんす》を作るのになあ」と言ったのである。これらはいかにも彼らしい言葉だったので、お棺の中に納まっていた母も決して驚かず、笑ったに違いないと思うのだが、この従兄は徹底した科学的な物の考え方をする人であった。彼に言わせれば、人間が死んで、それを燃やすなどというのは、とんでもない地球温暖化規制に反する行為だというのである。第一に、そのために木を燃してしまう。お金がある人ほど立派な分厚いお棺を燃やすわけだから、それだけ材木も使い、燃料も使うことになる。

「人間は死んだら然るべき工場に運んで、全部分解すりゃいいんだよ」というのが彼の意見であった。骨はカルシウムになるし、あとはアミノ酸だか何だか知らないけれど、立派に肥料として使えるというのである。

「ナチスの強制収容所じゃないんだ。きちんと医療を受けて、家族に愛されて息を引き取ったあとの人間は、そこでもう一度お役に立てばいいんだ。今のやり方は違っているよ」と彼は言っていたが、この人間の死後に対する扱い方はまだあまり変わる傾向にない。最近、海に流す散骨葬という風習があって、それはそれなりにいいと思うし、私は火葬には大賛成である。感染症の蔓延《まんえん》を防ぐし、土葬と違って場所を取らない。

しかし、私は、死に定められた人間が何によって生きた意味を自覚するかといえば、それは残る人々のどんな役に立ったかということだと思っているのである。つまり、幼子を育《はぐく》むとか、小さなことでも後輩に教えるとか、一食のご飯でも食べ損《そこ》ねている人に供するとか、着ている衣服が破れていたらそれを繕《つくろ》ってあげるとか、それらはすべて生につながる行為で、そのようなものをどれだけこの世で果たしてきたかによって、私はその人の生涯が満たされる度合いを測れるような気さえすることがある。

よく和菓子をいただくと、きれいな紙の箱に入ってくる。私はお棺は紙箱でいいと思っているのである。ただし、私は目方が重いから、底が抜けないようにだけはしてほしいけれど。森林の減少がこんなにも問題にされているときに、お棺に材木を使わないようにという運動がまだ起きていないのはむしろ不思議な気がする。

第十四章——

肥料も水も嫌う植物

ていた。

久しぶりの「海の家」で目にしたもの

私は、「海の家」と称している三浦半島の別荘に、以前は月三回ぐらいずつは行っていた。

話は急に横に飛ぶが、舛添《ますぞえ》前都知事が週末に湯河原《ゆがわら》の別荘に行くのを私は当然だと思っていた。私はそこで畑と庭の木々の管理をし、本を読み、集中して原稿を書く。別荘と呼ばれる所へ行くと、昔イタリア映画にあった「甘い生活」のような自堕落な遊びの暮らしをしていると思っているのは、世間の人々が大甘だからだ。おそらく舛添知事も私も、そこでうんと働くのである。だから、金曜日の夜に別荘に行って、電話がかからない週末をフルに仕事に活用するのが悪いわけはない。そこでは電話がかからず、訪問者もめったにないので、私は集中して仕事ができる。

ところが、二〇一五年の十一月に夫が倒れてからあとは、彼の面倒を見るために私はなかなか「海の家」へ行けなくなってしまった。しかし、病人が落ち着いてきたので久しぶりに出かけてみると、さまざまな変化が目を奪うばかりだった。まず何よりも目を引いたものは、ドラセナと呼んでいる熱帯アジアやアフリカを原産とする常緑樹に、巨大な奇妙な花が咲いていたことだった。小型の花房をつけた七、八十センチはある巨大な花が咲いていたのである。ひとつひとつの花は小さくて、色も白っぽい緑色なのだが、なにしろ房が大きいので、庭のドラセナに生えていたときは紙くずがひっかかっているのかと思ったくらいだった。

前にも書いたかと思うが、私はこの庭に南方系の植物しか植えなかった。日本にでも生えるというそれらの外来種は、虫もたからず、肥料も要らず、乾燥にも強いものが多く、つまり管理が楽だからである。

わが家にはほかにカナリーヤシが二本あった。二本とも十メートルを超える見事な高さに育っていたが、一本は数年前に枯れて、残りの一本だけが約五十年の年月を経てそびえ立っている。私の家は小網代《こあじろ》湾という湾に面しているのだが、その湾は、西は相模湾に接し、湾口がやや北方に曲がっているために入り口から湾の奥を見通しにくい。立派なヨットの基地もあって、ヨットの大艦隊がそこに集結しているのだが、彼らは小網代湾を入るときにときどき、「ここがそうかな」とつぶやくらしいのである。その目安にわが家の二本のヤシの木が大きな目印になっていた、と誰かが教えてくれた。すると、旧制中学の時代から、根性が悪くていじめっ子で、イタズラの種を想像するのが大好きな夫は、「それはけしからん。早速一本切っちまおう。そうすると、やつらは小網代湾の目印を失って困るに違いない」と言ったのである。

そういう悪い精神に神様が罰をお与えになったらしく、そのうちの一本が間もなく枯れた。そして、今や一本だけが残ったのだが、カナリーヤシといい、低木のドラセナといい、嵐が来ようが潮をかぶろうが一切お構いなく、枯れもせず、虫もたからず、丈夫だった。手がかからなくていいという私の所期の目的に完全に合致した育ち方をしてくれていたのである。

ドラセナの花の香り

ヤシの木には花が咲く。しかし、十メートル近い上だから、まるで巨大な稲の穂のような花を誰も手に取ったことがない。子供が来ると夫は、「子供には嘘を教える」という情熱を持っているので、あれに甘いパイナップルがなったら今におじさんが取ってやるからなと騙《だま》しているが、とにかく十メートルの高さまで行って花を切ってくれる人はない。その点、高さ二メートル程度のドラセナの木に咲いた花はたやすく切れて、私は東京に持って帰った。花が大きくて珍しいだけだと思っていたのだが、その花は意外なことにいい香りがした。一晩部屋に生けておいただけで、あまりしつこくもない香気が充満して、悪評ではなかった。

プロテアも今年はかつてないほど花をつけた。南ア原産のプロテアの種類はあまり多くて、到底正確に名前を推定することはできないのだが、私がピンクッションという一種の呼び名で教わった一株の木は三十輪ではきかない花をつけたし、プロテア・コンパクタと呼ばれる赤い花びらのものも、並木状に植えてあるすべての木に花をつけた。これから先、さらに、キングプロテアと呼ぶ最も豪華なピンク色の花が、今年は十数輪咲く予定で、蕾《つぼみ》が膨らんでいる。

しかし、何より実質的なのは、玉ねぎとリーフレタスがそろそろ収穫期に入ってきたことであった。リーフレタスは結球しないから、ハンカチを丸めたような格好をしているわけだが、あまりのびのびと大きく育ったので、一株採ってくると一家三人で食べても十分なほどある。玉ねぎは今年二千百本も植えてしまったので、大きく結球したのから採って食べているのだが、採りたては生でもからくないから、その上に好きなトッピングスをのせて食べている。このトッピングスの配合を考えるのが料理人の楽しみの一つである。一番普通なのは、ツナの缶詰にマヨネーズと隠し醬油とタバスコを混ぜたという程度のもので、これを四つ割りにした玉ねぎの小さな舟の上に盛り付けて出すことにしている。ケーキを食べるより太らなくて体にいいだろうというのが、食べてくださった方の批評である。

ヘルマン・ヘッセに嫉妬《しっと》する理由

ヘルマン・ヘッセは、その著書『庭仕事の愉しみ』の中で、「どこかにわが家をもち、一区画の土地を愛し、耕して植物を植え、ただ観察したり絵に描いたりするだけでなく、農民や牧人のつつましい幸福をともに味わい、二千年来不変のウェルギリウスの農事暦のリズムに参加することは、私自身、かつてそれを経験し、自分が幸せになるにはそれだけで不十分だとわかっていたにもかかわらず、私には、すばらしい、うらやむべき幸運のように思われた。」（『庭仕事の愉しみ』ヘルマン・ヘッセ著　V・ミヒェルス編　岡田朝雄訳　草思社）と言っている。

ヘルマン・ヘッセには、人生を計画し、隅々まで味わい、その美を綴り合わせ、その周辺に生きる人々との交流をこの上なく愛するという総合的な技術をうまくやってのけられるという偉大さがある。何より私がヘッセに嫉妬を感じるのは、彼が絵を描くことまで楽しんだことだ。正直なところ、ヘッセの絵はそれほどうまくない。しかし、私には到底これだけの絵も描けないのだ。実は、私は絵も描くつもりで、絵の具と小さな画用紙をすでに「海の家」に持って行っているのだ。しかし、私には絵を描く暇がない。詩は書けるかもしれないが、まだ書いていない。ヘッセの『庭仕事の愉しみ』には、作業用の麦藁帽子をかぶり、作業用の上下を着て、大きなじょうろを持ったり、地面にひざまずいて大地を観察している作家の姿が至る所に出てくるが、私は二本の足を怪我して以来、しゃがむということもできない。それは、「農婦」になれないという決定的な肉体のハンディなのである。この、大地にひざまずき、大地と同化しようとする少なくとも意志を示した姿勢が取れるということは、農村の生活において基本的に大切なことなのである。しかし、それができないので、私は、「畑をしています」とか、「庭仕事が好きです」とか言うことを常にはばかるように感じているのである。

花の中には肥料も水も嫌うものもいる

しかし、私は庭や畑を生き物と感じるようになっていた。乳牛を飼ったり、養豚をしたりしている人の話を聞くと、私は、「わあ、大変だ。そんなことをしたらどこへも旅行に行けない」とつぶやくことはあったが、少し広く考えれば、庭も日々面倒を見てやらねばならない生命の存在している場所であった。もし庭に数種の植物が混植されているとしたら——それがごく普通の状態だが——そこにはそれぞれに違った養い方が必要なのである。

例えば今回、海の家に滞在しているあいだに、私は近くのホームセンターに行き、一鉢のブーゲンビリアを買った。南方に憧れて以来、この花は私の最も好きな花の一つになった。二十年間シンガポールに一年に何度となく行っていた頃、シンガポールの街の隅々までが政府だか市だかの計算によって、常にブーゲンビリアの花で覆われているのを知った。当時、私は日本に帰ってきて、早速ブーゲンビリアを庭に植えたのである。ところが、この木は枝葉ばかりがよく伸びて、花をいっこうにつける気配がなかった。シンガポールの知人に相談すると、それは植え方が悪いのだと言う。

「おそらくあなたは鉢から出して、根をゆっくり広げて、そして肥料や水をやっているんでしょう。ブーゲンビリアはそれをしちゃダメなのよ。植えるときは割れた鉢に入れたまま土に入れるというくらいなのよ。栄養もダメ、水もダメ。だから、日本の土地に合わない面もあるから、軒先近くの乾いたところに入れたらいいんじゃない」と言われたのである。私が旅行した土地の中で最も見事なブーゲンビリアを見たのは、イスラエルのエリコという町であった。昔の神殿の祭司たちもここに住んでいたという。二週間の神殿勤務を終えると彼らは約一日がかりでエリコ街道を下って自宅に帰る。下りの途中で死海が見え、そのほとりに温暖で豊かな果物の生えるオアシスが現れてくる、それがエリコであった。そして、その現代のエリコの町の塀や生け垣の上に、ほとんど花しか見えないほどの見事なブーゲンビリアの塊が燃え上がるように咲いていたのである。

エリコの特徴は、暑いということであった。常に三十五度は超えているだろう。そして、雨もろくに降らないという。面白いものだが、花の中にはこうして肥料も水も嫌うものもいる。今、私はブーゲンビリアの花と言ったが、調べてみるとブーゲンビリアの花びらと見えるものは、実は苞《ほう》だといわれているが、自分にいいものは人にもいいのだというまことに身勝手な論理をこの花は受け付けないという点でも私にショックを与えたものであった。

役人は畑で勉強したほうがいい

ヘッセは完全に「人間も自然の動植物と同じ一生物に過ぎないと見る」というのだが、こうした視線は、現在では当然の視角であろう。

「自然は征服すべきもの、もっぱら人間のために利用すべきものと考える思い上がった人間中心の勝手な考え」などというものは、もはや今の時代にはありえない考え方であろう。一方において非常に無機的な物質文明があり、いわばその解毒剤の作用として自然回帰が行われていると思うのだが、ヘッセのような人は自然を土台にさらに哲学や詩や絵の世界にまで語るべきものを広げていった。しかし、私の視線は小さく内向きで、この一片の土地で自分が何をなせるか考えていただけである。

最もつまらない目的は、ここで作った新鮮な作物を食べようということであった。もっともこれを目標にしている人は、今では私の周囲にけっこうたくさんいる。採りたての野菜はそれだけで決定的においしいのである。私は庭の至る所にスナップエンドウを蒔いているが、採ってきた実はほんの二分ほど茹でただけで食べられるようになる。トウモロコシもタケノコも、採っているあいだに湯を沸かしておけというぐらいだ。だから、野菜は文句なしに新鮮であればおいしい。その最も動物的な欲求のために、私は庭とその土を利用してきた。豊かな土地は豊かな土地なりに、そして、もしそれが痩せた土であれば痩せた土なりに、それに適合したおいしい作物は採れるのである。痩せた土地にしかできない作物といえば、思い当たるのは落花生とサツマイモである。この二つは豊かな土地に植えただけで、できないか、味が悪くなる。人生も同じだ。豊かな境遇がその人を作ることもあれば、逆境がその人を育てる場合もある。だから、現在、世間やマスコミが言っているように、子供に対する一人あたりの教育費が足りないことが教育行政の貧困だなどということは、まったくあたらない。大学へ行くのも恵まれた境遇だが、大学など行かずに、ひたすら自分の好きな道を追求することによってプロになる人もいるのである。文科省の役人は、少し畑で勉強したらいいのだ。

第十五章——畑仕事によって教わったもの

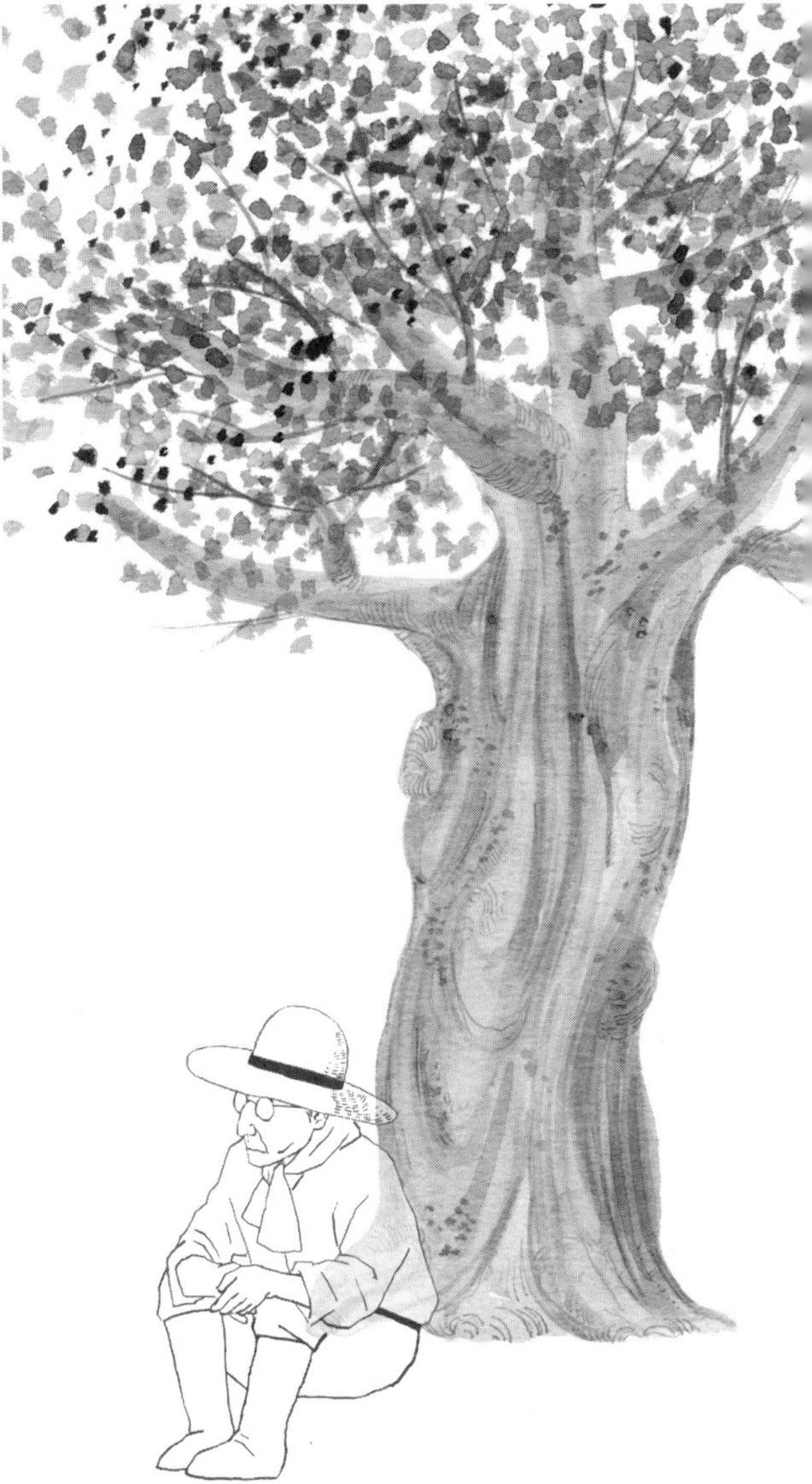

出先で聞いた耳を疑うような知らせ

二〇一四年六月十一日、私は出先で耳を疑うような知らせを受けた。親しかった作家の岩橋邦枝《いわはしくにえ》さんが急死されたというのである。女流作家の中で別に特別なグループを作っていたわけではないが、杉本苑子《すぎもとそのこ》さん、津村節子《つむらせつこ》さん、岩橋邦枝さんと私の四人はなんとなく馬が合って、それまでときどき、ごはんを食べながらしゃべっていた仲だったのである。そのうち、最年長の杉本苑子さんは体調を崩して会に出られなくなり、残りの三人がよく、亡くなった吉村昭《よしむらあきら》さんがご贔屓《ひいき》にしていらしたというレストラン兼バーで会っていた。

そこへ食事に行くと、津村節子さんは多分、ご主人の吉村昭さんの思い出があちこちに残っていただろうし、岩橋邦枝さんは、「私がせっかく昭の後妻に行ってやると言ったのに、断られたのよ」というような笑い話も平気で出るような空気であった。

五月二十八日、私たち三人はいつもの場所で集まり、ゆっくりと最近の身の上を語り合ったのも不思議だった。岩橋さんと私は共に一人娘として育ち、子供も一人ずつだった。そんな背景もあって、私は余計なお世話と知りつつ岩橋さんに、「あなたが亡くなったあと、お嬢さんはどんなふうに暮らすつもりなのかしらね」などと立ち入った質問もしたのだった。すると岩橋さんは、「あの人はイギリスに長くいたから、老後はロンドンで暮らすなんて言ってるわよ。そのほうがお友達も多いんじゃないの？」というような答えで、子供に対しては私たちはよく似たような姿勢だった。つまり、口を出そうとしても出し切れるものではないという感じだったのと、子供はそれぞれに親とは違った世界を持つことこそ望ましいという好みも同じだった。

不思議なのはそのとき、われわれの死の話も出たことである。一人娘の岩橋さんは当然、ご両親の墓に入ればいいのだという簡単な考え方が私の中にあったのだが、聞いてみると、お父様とお母様はクリスチャンだったので、お墓がないのだという。お骨の返ってこない献体をなさったというのである。そして、邦枝さんも同じような手続きをすでにとってあった。私は情緒欠損症のようなところがあるので、「それは簡単でよかったわね」と言ったのだが、私の中にも、お骨はそれとなくこの大地のどこかに戻してもらえばいいという考えがすでにあったからである。私は週末などに別荘で暮らすときには、相模湾に沈む夕日のみごとさを毎日のように眺めて心を動かしていたから、相模湾に捨ててもらうことができたら贅沢なことだと考えたこともあった。

それからわずか二週間も経たない六月十一日に、私は出先で岩橋さんのお嬢さんから、その前日、救急車で入院して、一晩も経たないうちに亡くなられたという知らせを受けたのだった。岩橋さんは東京のご自宅のほかに福岡にもご両親から受け継いだ家があって、そこに始終行っておられた。なんでも東京でいうと銀座の表通りに近い賑《にぎ》やかなところだそうで、私は一度そういう都心に住んでみたかったので、岩橋さんに「ずっとそこに住めばいいじゃないの」と無責任なことを言ったこともある。

その知らせを受けた翌日だったと思うが、お嬢さんからまた電話があって、母の希望どおりに献体の手続きをとろうとしましたが、九州には解剖用の遺体を受けること を希望する機関がなく、母の望みはかなえられそうにありませんでした。それで、お骨にして東京に連れて帰ります、ということだった。

私は人間の生涯を決めるものは、その希望だと思っている。人間は希望によって人生の歩み方を決めるのだし、その希望がかなわないからといって、その選択が間違っていたということもない。すべてときが命じるままの運命がいいのではないですか、という意味のことを私はお嬢さんに言ったような気がしている。

どの土地の上にも人が生まれ、暮らし、死ぬ

前にも書いたと思うけれど、この地球が生成されてから今までのあいだに、いったいどれだけの人間がこの地球上で生まれ、死んでいったかということは計算されていないのだろうか。私は読んだことがない。しかし、間違いないことは、どの土地の上にも人が生まれ、暮らし、そのどこかで死んでいって、そして、そこに埋められたということだ。よほどの高い山の頂上とか激しい渓流の中などは、人間の墓地として適当ではなかったと思われるが、それでもインドの拝火教（ゾロアスター教）徒の間には、鳥葬という制度がある。人が死ぬと、その遺体は人里離れた山に運ばれ、そこに特殊な遺体処理人がいて、ハゲワシのような鳥が食べやすいように遺体を切り刻んで置いてくるのだという。一度私はボンベイで雇った非常に賢い女性の通訳と話をし

て、彼女がイラン系の人で拝火教の信者であり、死ぬと鳥葬によって葬られるのだと聞いたことがある。そして、彼女は、「それを思うと怖いよ」と私に言ったのだが、「自然に帰るという意味だったら、日本人が遺体を火葬にして地面に埋めるのだって同じじゃない」と言ったことを覚えている。今さら言うまでもないことだが、私たちは誰もが同じようにどこかで生まれ、どこかで暮らし、どこかで死ぬのである。事故で亡くなる人は悲惨な最期を遂げるように見えるが、人間の死はどこで死んでも似たようなものである。むしろ違うのは、その人がどのように生きたかということだ。私は高尚なことは考えられない。ただ、その人が生前、暑さ寒さに苦しめられず、着るものと食べるものがあって、そして、家族や友人の愛の中で生きたかどうかだけが気がかりである。衣類も食料も、実はそんなに贅沢でなくていい。

アフリカの田舎で感じた「人生の香り」

私はアフリカの地方都市のさらに田舎で、何度も夕食の時刻に鄙《ひな》びた村々を通った。彼らの夕食は、どうしても日が沈む前に終えなければならない。電気がないし、油のランプをつければ油代がかさむからである。彼らの素朴な家は台所などというものを持たないから、炊事はみな外で行われる。かまどが築いてあり、そこに鍋がかけられて、下で赤い火がちろちろと燃えている。日本のようにガスだの電気だのはないから、燃料はすべて薪である。薪を買うお金だって十分に持っている人は少ない。だから、あらゆるところの木を非合法に切ってくる。ときには人の家の庭の木だって切って来て、今晩の夕食の燃料にする。

かまどの赤い火が目立つ頃、その煙も流れてきて、私は懐かしい気分になる。もちろん、かまどの前にいる人は煙いのだが、通りがかりの私たちにとっては、これこそが人間の生活の匂い、人生の香りだという気がする、そこで家族と一つの鍋を囲んで、とにかくお腹がいっぱいになるということは、文句なく幸せなことなのだ。だから、その調理をするものがなかったり、調理をしているあいだに銃弾が飛んできたりする境遇というものを私は本当に気の毒に思うし、その外的暴力を憎むのである。

人は皆、自分の力量において生活する

ヘンリー・D・ソロー（1817〜1862　アメリカの作家・思想家・詩人・博物学者）の『森の生活』は、筆者の哲学的生活を書いている。彼は文字通り森に入ったのだが、私の田舎暮らしはすでに開けた土地に移り住んだだけである。森と切り開かれた土地とは雲泥の差だ。畑にはすでに人間の生活のルールが鋤《す》き込まれている。しかし、森は人間に抵抗もし、生かしもする。一つの事例として思い出したのだが、私は生涯に一度でいいから自分の手で小屋を建ててみたいと思ったことがあった。大きな家でなくていいのである。板も柱もそのへんで買ってきたものしか手に入らないだろう。しかし、私はそれで大地の上に、ともかくも雨風をしのげる二坪か三坪の、つまり約十平方メートルくらいの小屋を建ててみたかったのである。「家を自分の手で建てなかった者は、人間にならなかったのだ」と今でも思っている。しかし、私はついにその望みも果たせなかった。私は誰かに手伝ってもらわなければ、四隅の柱を大地に埋め込むことも、その上に梁《はり》や垂木《たるき》をのせることも、屋根を葺《ふ》くこともできなかっ

ただろう。ことに六十四歳から始まった両足首の骨折以後は、私はまったくそうした能力においては人間以下であった。しかし、ソローはこれらのことをやり遂げ、その中から人間として学ぶべきあらゆる知恵を学んだのである。

人はみな、自分の力量において生活をし、それを終えなければならない。ソローはそうした森の生活の中の孤独も書いている。

「そこはニューイングランドであると同時に、アジアでもあり、アフリカでもある。いわば、私には太陽と月と星群、それに私自身の小世界が味方している。夜になると、私の家の前を通過する旅人は一人もおらず、ましてや玄関をノックする者はいない。まるで私がこの世の最初にして最後の人間みたいな気がする。ところが春が訪れると、ここかしこに村人がやって来て鯰《なまず》を釣り上げて行く。彼らが素直な気持でウォールデン池で、いわんや魚釣りをするのは、そこが自分の性に合った場所だからであり、暗闇のまま釣針に餌をつけて頑張るが、結局はいつも軽いビクをさげて退散する。彼らがあとに残したものは「この世界は暗闇と私」だけだった。」（ヘンリー・

（H・D・ソロー『森の生活』佐渡谷重信訳、講談社学術文庫　198ページ）

つまりソローはもとから追求したのだ。しかし、私は違う。途中からちょっとその成り行きに参加し、そして、わかったふりをするという現代人の現代的な軽薄な生き方で人生を見ようとした。しかし、それでも非難されることはないだろう。九十九パーセントまでの人間は、その程度の軽さで人生に首を突っ込み、そして、死んでいくものなのだ。

生まれたのも大地の上、死んで帰るのも地球の一部

何十年か前、私はエジプトで、早稲田の考古学の発掘隊がルクソールに建てた「早稲田ハウス」なるものを訪ねたことがあった。その家は、いわば土地の昔からの建材として知られている「日干し煉瓦《アドベ》」で建てたのだったか、あるいは壁にその土地の泥を塗ったのだか正確に覚えていないのだが、いずれにせよ、できるだけ費用をかけずに現地の材料でその土地風に建てた建物だった。完成早々、その中の一室に入った一

人の若い学者は、私に自分の部屋の壁を見せて言った。「ほら、面白いでしょう。この壁土から芽が出てきてるんですよ。はじめ、僕は錯覚かと思いましたけど、何日か経つうちに伸びてきたんです。まるで壁のヒゲみたいでしょう」と言ったのだ。

生命はあらゆるところで成長する。というか、そこで生きていかねばならないのだ。「早稲田ハウス」の壁を構成していた日干し煉瓦ないしはその類似品は、旧約聖書に出て来るモーセとその仲間たちが作っていたのとまったく同じ原則の中で生きている種子だった。人間の社会は進歩したのかどうか、私には軽薄な判断のし方でしかわからない。飛行機、自動車、高層建築、テレビ、コンピューターなどで、私は世界は進歩したと感じている。しかし、基本となる大地は、それを聞くと嘲笑うだろう。生まれたのも大地の上、死んで帰っていく場所も地球発生以来変わらない。旧約聖書のヨブ記には、

「私は裸で母の胎《たい》を出た。また裸でそこに帰ろう。」(ヨブ記1－21)

という有名な箇所がある。その言葉は人類の歴史始まって以来の何万年が経っても、少しも変わらなかったのである。その舞台は常に大地であり、土であった。だか

ら、私は土に触れる暮らしをしようと思ったのである。決してソローのように、大地から哲学を学んだと思ったこともない。私は思考において怠惰だったのだが、ソローは次のようにも書いている。

「私は自分で実験した経験から、少なくとも次のようなことを学んだ。もし人が自分の夢に向って自信をもってまっしぐらに進み、自分が想像したような生活をしようと努力すれば、普段考えてもみなかったような成功にめぐり合うだろう。」（ヘンリー・D・ソロー前掲書　p464）

畑から人生の営みの基本を学んだ

土の生活は私をこれほどまでに決定的に変えもしなかったし、成功に導いたとも思われない。ただ私は、採りたての野菜や果物がもたらす味というものを知った。その味さえ生かせれば料理法などというものはほとんど問題にならないほどだということも知った。タケノコでも玉ねぎでも、土地の人は言う。「焼いて食べてくださいよ。

それでうまいんだから」というわけだ。

しかし、おかしなことに、素材そのもののおいしさを知った頃から、私の料理の腕前は急にあがった。

次なる段階もないではない。私にはこの大地から得たものをほかの人にも食べてもらうという趣味もできた。つまり、畑の味は「煮ても焼いても」食えないのではなく、それだけでおいしいのである。これほど簡単に人を騙《だま》す方法はない。そして、食事を共にするということは、私が生きてきたキリスト教世界でも大きな意味を持っていた。われわれは、聖餐《せいさん》という名でミサの途中に与えられるキリストの体となっているパンを食べることを、ホーリー・コミュニオン（Holy Communion）という言い方をしたのである。コミュニオンは「親交」とか「交流」とかいう意味だから、食事はまさに、単なる空腹を満たす以上の心の上での大きな意味を持つということである。コミュニティという言葉も同根である。だから、私は、畑で野菜を採ることによって人生の営みの基本を教わった。

ヘルマン・ヘッセは『庭仕事の愉しみ』の中で、童話断篇という小さな章を残している。「誰からも好かれていたハンサムな青年アレクサンダー」の話である。彼もまた庭仕事の幸福を知っている男で、夕方、西の端にある栗の木のところに行って、その木の下の低いベンチに腰をおろすのが習慣だった。夜が次第に近づいてくる頃、この老いたる栗の木は、彼が知らなければならないことをさまざま語ってくれるというのである。

「ヤギが病気になったとき、キャベツに青虫がつきすぎたとき、ミツバチが狂ったように暴れまわったとき、アレックスが悪い子だったとき、若いレタスがうまく育たなかったとき――そのようなことをこのひとときに真剣に考え、その原因をたずねました。彼はこの老木からまず忍耐を、そして心の平安を教えられ、原因を理解することができました。夕方はいつもそのように過ぎてゆきました。」（ヘルマン・ヘッセ『庭仕事の愉しみ』前掲書　p290）

私の海の家の西の端には、私に人生の答えを語ってくれる一本の木もない。しかし、そこには荒々しい西風と、そして、心を麻痺《まひ》させるような夕映えがあった。私は毎夕、その光の中で、あたりに満ち満ちてくる詩か哲学か、神の指示かわからぬものの声を聞いた。だからといって私は少しも賢くはならなかったが、そのときによって私は、平凡な一生を送れそうな仕合せを感じ、そのおかげで平安に包まれていると感じた。私にはそれで十分だったのである。

本書は、２０１６年11月、小社から単行本で刊行された『人は皆、土に還る』を新書化したものです。

切りとり線

★読者のみなさまにお願い

この本をお読みになって、どんな感想をお持ちでしょうか。祥伝社のホームページから書評をお送りいただけたら、ありがたく存じます。今後の企画の参考にさせていただきます。また、次ページの原稿用紙を切り取り、左記まで郵送していただいても結構です。

お寄せいただいた書評は、ご了解のうえ新聞・雑誌などを通じて紹介させていただくこともあります。採用の場合は、特製図書カードを差しあげます。

なお、ご記入いただいたお名前、ご住所、ご連絡先等は、書評紹介の事前了解、謝礼のお届け以外の目的で利用することはありません。また、それらの情報を6カ月を越えて保管することもありません。

〒101-8701（お手紙は郵便番号だけで届きます）
祥伝社新書編集部
電話03（3265）2310
祥伝社ホームページ　http://www.shodensha.co.jp/bookreview/

★本書の購買動機（新聞名か雑誌名、あるいは○をつけてください）

＿＿＿＿新聞の広告を見て	＿＿＿＿誌の広告を見て	＿＿＿＿新聞の書評を見て	＿＿＿＿誌の書評を見て	書店で見かけて	知人のすすめで

★100字書評……人は皆、土に還る

名前					
住所					
年齢					
職業					

曽野綾子　その・あやこ

1931年、東京都出身。聖心女子大学卒。79年、ヴァチカン有功十字勲章受章。93年、日本芸術院賞・恩賜賞受賞。2012年、菊池寛賞を授与される。小説『無名碑』『神の汚れた手』『天上の青』、エッセイ『誰のために愛するか』『「いい人」をやめると楽になる』『人間にとって成熟とは何か』など精力的な執筆活動の一方で、各種審議会委員を務め、世界に視野を広げた社会活動でも注目を集める。本書は単行本『人は皆、土に還る』を新書化した。

人《ひと》は皆《みな》、土《つち》に還《かえ》る

——畑仕事《はたけしごと》によって教《おそ》わったもの

曽野綾子《そのあやこ》

2018年11月10日　初版第1刷発行

発行者……………辻 浩明

発行所……………祥伝社《しょうでんしゃ》

〒101-8701　東京都千代田区神田神保町3-3

電話　03(3265)2081(販売部)

電話　03(3265)2310(編集部)

電話　03(3265)3622(業務部)

ホームページ　http://www.shodensha.co.jp/

装丁者……………盛川和洋

印刷所……………萩原印刷

製本所……………ナショナル製本

Printed in Japan　ISBN978-4-396-11556-2　C0295